Der Sinn des Lebens besteht
nicht darin,
ein erfolgreicher Mensch zu
sein,
sondern ein wertvoller!

Andreas Hüging

Jem hört die Haie husten

ueberreuter

Hai-Alarm

»Aufgepasst, Leute!« Mit ihrem K3-Hurricane rast Flo in den Speisesaal, rammt mit dem Rad fast meinen Stuhl, stößt atemlos »Sorry, Jem!« hervor und legt dann eine harte Vollbremsung hin. Wären ihre Räder aus Stahl, hätte es jetzt Funken geschlagen. Sie holt tief Luft und stemmt sich mit den Armen in die Höhe, damit die anderen sie in ihrem Sportrolli besser sehen können. Dann ruft sie: »Ich erklär noch mal die Tischregeln!«

Kurz halten alle ihre Klappen. Nur Brabbel brabbelt einfach weiter. Manchmal pfeift er auch wie eine Amsel, das klingt lustig.

»Eigentlich«, fährt Flo fort, »gibt's nur eine Regel: Wer zuerst einen fahren lässt, räumt die Teller ab! Kapiert?«

»Wissen wir doch«, murmeln die »alten Hasen«. Also die, die wie ich nicht zum ersten Mal im *Haus Horizont* sind. Oder sie nicken zustimmend. Nur in den Gesichtern der Frischlinge sehe ich Verwirrung – heute sind acht Neue eingetroffen –, aber dann hat auch der Letzte begriffen, was die Stunde geschlagen hat. Pupsen verboten!

Flo rollt an den Tisch, rastet die Bremsen ein und beugt sich über ihren abgedeckten Teller. Alles wartet auf ihr Zeichen. Sie zupft noch kurz an den langen Stacheln, zu denen sie ihre blauen Haare mit viel Gel geformt hat. Dann brüllt sie: »Gabba, gabba,

gabba, hey! Rülpsen, Schmatzen ist okay!«, und wir reißen die Plastikdeckel herunter.

Das macht ein ploppendes Geräusch. Von allen Seiten ploppt es wie wild. Flo schiebt sich einen Stöpsel ins Ohr und beginnt mit dem Kopf zu wippen. Das andere Ohr bleibt offen, damit sie nichts verpasst. Am liebsten hört sie Punk-Musik, und das so laut, dass ihr Nachbar jeden Ton mitkriegt. Dieses *Gabba, gabba, hey!* ist ein Schlachtruf aus einem ihrer Lieblingslieder von einer Band, die sich »Ramones« nennt. Heute sitzt Severin neben ihr. Von gegenüber sehe ich, wie er eine Kartoffel zerquetscht.

»Schau mal, Jem, viel zu matschig. Die ist mit Hass gekocht!«

Der spinnt doch!, finde ich. »Stell dir einfach vor, es wäre Kapü.« Denn auf Kartoffelpüree fährt er normalerweise voll ab.

Sevi ist genau wie ich quasi Stammgast im »Hoz« – so kürzen wir den langen Namen des Kurheims ab. Wir sind also die Hozis – und Sevi meckert bei jeder Mahlzeit, egal wie es schmeckt. Dabei weiß ich, dass es ihm hier eigentlich super gefällt, ganz im Gegensatz zu mir. In diesen Ferien teilen wir uns das Zimmer am Ende von Flur 4, also im vierten Stock. Drei Wochen lang. Das sind einundzwanzig Tage, im Ganzen 504 Stunden, oder auch 30.240 Minuten. Mir wird übel, wie soll ich das überstehen? Einen Tag kann ich immerhin schon abziehen, bleiben also noch … ich versuche die restlichen Stunden im Kopf auszurechnen, da ruft plötzlich einer:

»Hai! Da schwimmt ein Hai!«

Ich bin von Verrückten umzingelt, kein Zweifel, und jetzt schreit sogar noch ein zweiter: »Hai-Alarm! Unten beim Strand!«

Sekunden später drücken alle ihre Nasen an der Panoramascheibe des Speisesaals platt. Es gibt Dunstflecken in jeder Höhe. Den starren Elvis haben sie auf seiner Liege so dicht ans Glas geschoben, dass seine Nasenspitze nach oben zeigt, wie der Zinken einer Spitzmaus. Er muss ständig auf dem Bauch liegen, denn er hat *Hüfte*. Flo drückt sich so weit aus ihrem *Hurricane*, dass ich befürchte, sie liegt gleich auf dem Boden. Einige sabbern. Lisa, eine Fünfjährige aus dem zweiten Stock, die immer eine dicke Pudelmütze trägt, hat vor Aufregung eingestrullt. Sogar Brabbel ist still. Nur Bernd, den alle hinter seinem Rücken Spasti nennen, schlurft umständlich heran und braucht natürlich wieder extralange.

Und warum das alles? Ein Hai vor Hummerstrand … na klar! Ohne mich. Seelenruhig untersuche ich den runzeligen Hering auf meinem Teller nach Gräten. Ich hasse Gräten. Sollte mir mal eine in den Hals geraten, ist es garantiert sofort aus mit mir: Hechel, hust, hechel – finito. Bin gespannt auf den Nachtisch! Hoffentlich ist es was mit Schoko, sonst rühr ich ihn nicht an. Cäcilie hat sich auch nicht hochnehmen lassen. Aber die kriegt ja eh nichts mit. Sie hockt auf ihrem Stuhl, knabbert an dem Dessertlöffelchen und starrt den kreisenden Ventilator über ihrem Kopf an. Irgendjemand wird sie füttern müssen.

Spasti schirmt sein Gesicht mit den Händen ab, sodass ich nicht erkennen kann, ob an der Hai-Geschichte wirklich was dran ist. Wenn einer weiß, was Sache ist, dann er. Er hat den Ruf, so eine Art »verrückter Professor« zu sein. Jetzt schnalzt er mit der Zunge. Das macht er, wenn er angestrengt nachdenkt, also eigentlich immer. Und schniefen. *Schnief, schnalz, schnief.* Spasti hält sich für einen genialen Forscher. Er entwirft im Kopf ganze Raumschiffe, die er dann auf die Rückseite einer Tapetenrolle zeichnet und anschließend an die Wände seines Zimmers im Hoz pinnt. Skizzen über Skizzen, und an allen Möbeln kleben kleine Zettel mit Notizen. Der Fußboden ist ein Meer aus wissenschaftlichen Zeitungen. Außerdem ist er verknallt in Fiona Steinburger, die Star-Blondine aus dem TV. Er folgt ihr auf Twitter, Facebook und Instagram und verpasst keine ihrer Sendungen. Das hat er Sevi verraten, nachdem der im letzten Jahr einmal bei Spasti zu Besuch war, und Sevi hat es mir erzählt.

Inzwischen macht Sevi – wie die meisten Hozis – einen Bogen um Spasti, denn er nervt! Sobald sein Mund aufgeht, plappert er drauflos von Warp-Schleifen, Urknall, Ausdehnung des Universums und Reisen in x-facher Lichtgeschwindigkeit. Dabei sind seine Beine so krumm, dass er von seinem Zimmer bis zur Schwimmhalle eine ganze Viertelstunde braucht. Ein Glück für ihn, dass die *Rücken*, *Rollis* und *Spastis* im ersten Stock wohnen. Dort gibt es eine Rollirampe runter ins Erdgeschoss, wo sich der Speisesaal befindet. Sonst wäre er längst verhungert.

Jetzt bewegen alle am Fenster ihre Köpfe, als verfolgten sie ein Tennismatch in Superzeitlupe. Entweder wollen die mich verkohlen, oder da draußen ist tatsächlich etwas im Gange. Ah, Tiramisu! Sieht lecker aus. Sorry, euer Hai muss warten. Noch immer zischeln die Schaulustigen, und auch das Hai-Wort kann ich wieder und wieder heraushören. Wie, zum Tintenfisch, soll ich so in Ruhe meine italienische Nachspeise genießen?

Spasti gibt einen lang gezogenen Schniefer von sich, auch das noch! Ein klarer Beweis, dass sein wissenschaftliches Interesse in Flammen steht. Ich hatte geglaubt, erst müssten grünohrige Aliens in einem qualmenden Ufo aus Pizzateig vor dem Hoz landen, bevor Spasti auch nur mit der Wimper zuckt. Wir Erdlinge sind ihm nämlich völlig schnuppe.

Ich dagegen interessiere mich null für diesen ganzen Weltraumkram. Am liebsten sehe ich fern bis spät in die Nacht, wenn alle anderen schlafen. Die Ärzte sagen, das sei ungesund. Hallo?! – Für einen, der wie ich *Lunge* hat, ist doch das ganze Leben ungesund!

Jetzt schnalzt Spasti wieder. Und schnieft. Soll ich doch mal einen Blick riskieren? Die von CSI reden einem ja in jeder Folge ein, dass nichts unmöglich ist. Nein, erst der Nachtisch! Ich fummele den durchsichtigen Plastikdeckel herunter, als jemand ruft:

»Schwester Wencke! Kommen Sie! Schwester! Der muss riesig sein!«

Zwischen dem Speisesaal und dem Dienstzimmer gibt es eine Glasscheibe, und ich kann sehen, wie ein weißer Kittel und lange feuerrote Haare daran vorbeifliegen. Kurz darauf pustet auch Schwester Wencke zwischen all den anderen Neugierigen einen großen Dunstflecken auf das Fenster. Sie ist übersät mit kleinen roten Punkten. Nicht nur im Gesicht. Am Hals, auf den Armen, Beinen, überall. Ich liebe Sommersprossen – hätte gerne ein paar davon, schneeweiß wie ich bin. Bei ihr liegen sie so dicht beieinander, dass ihre eigentliche Hautfarbe kaum zu erkennen ist. Sevi hat mal behauptet, Schwester Wencke sei »hübsch-hässlich«. Aber ich kann gar nicht wegsehen, für mich ist sie nur hübsch ohne hässlich. Außerdem finde ich, dass ihre roten Haare super zu meinen dunkelbraunen passen, so wie Kirschen zu einer Schokotorte.

»Das glaub ich jetzt echt nicht!«, haucht Wencke und wischt mit dem Arm über das Glas. Sommersprossen – sogar auf ihren Fingern! »Wo kommt denn der her? Hier gibt es doch gar keine Haie!«

Jetzt packt mich die Neugier, der Nachtisch läuft ja nicht davon. Ich stelle mich an den einzigen freien Platz zwischen Spasti und Sevi. Nichts zu sehen. Nur Wasser, Wasser und dahinter ... tatata! ... noch mehr Wasser. Wusste ich's doch. Aber Moment, da ist was! Könnte der Kopf einer Robbe sein. Die drehen gerne ihre Runden um Hummerstrand, ist schließlich ihr Zuhause. Für einen Kopf ist das Ding, das da aus dem Wasser ragt, allerdings zu spitz und zu groß. Aber so genau kann ich es auch nicht erkennen aus etwa zweihundert Metern Entfernung. Und jetzt sehe ich gar nichts mehr.

»Wo ist er hin?«, flüstert einer.

»Sieht ihn noch jemand?«

»Ein Fernrohr müsste man haben!«

»Hat einer gefilmt?«

Niemand antwortet. Eine Weile ist nichts zu hören. Dann ein lang gezogenes *Pffffffft* und ein richtiger Ton kommt auch noch. Sevi! Ich bin froh, als er davonschleicht, aber die Duftmarke verzieht sich noch langsamer als ihr Verursacher.

»Sevi war's!«, bestätigt Flo und klatscht vor Freude in die Hände.

Na, da wird sich das Teller-Abräumen aber hinziehen. Sevi hat nämlich auch *Lunge* und erledigt deshalb alles im Schneckentempo. Er glaubt, je langsamer er sich bewegt, umso länger hat er was von seinem kraftlosen Atmungsorgan. »Wenn ich ihr keinen Grund zum Heulen gebe, ist meine Lunge meine beste Freundin!«, hat er mal erklärt.

Ich mache ein paar seitliche Schritte auf Schwester Wencke zu, wo die Luft eindeutig besser ist, und tue so, als beobachtete ich einen Jogger, der den Strand entlangflitzt. Das sollte mir mal einfallen, einfach so durch den Sand sausen und schwitzen … Ich besitze ein kleines Notizheft, in das ich alles eintrage, was ich nicht tun kann, weil ich *Lunge* habe. Ich nenne es die »No-Go-Liste«. Joggen steht schon drin. Dieses Heft reibe ich allen unter die Nase, die meinen, ich stelle mich an.

Wencke riecht ein bisschen wie Mama. Nach frischer Wäsche und Handcreme. Dabei wird mir ganz warm im Bauch. Ich habe mir sogar heimlich die Handcreme meiner Mutter besorgt – nicht für meine Finger, das ist mir zu glitschig – aber ich schnüffele gerne an der offenen Dose. Das wirkt besser als jeder Einschlaftee, ich schwöre!

Leider ist Wencke nun schon auf dem Weg zurück ins Dienstzimmer. Kurz darauf telefoniert sie so laut mit der Polizei, dass alle es mitkriegen. »Das ist kein Witz, Herr Nissen! Ehrlich, ein Hai, so wie im Kino!«

Ich löse die Bremse von Elvis' Liege und schiebe ihn zu den anderen *Hüften*. Seine Nasenspitze ist immer noch ganz rot.

»Haste das gesehen, Jem?«, fragt er mich mit großen Augen.

»Jetzt fängst du auch noch damit an. Nein, ich habe nichts Spannendes gesehen, echt nicht«, antworte ich gelangweilt, während er den Kopf von einer Seite zur anderen dreht, um zu mir nach hinten zu schauen. Ich verkneife mir ein Grinsen, denn er sieht dabei aus wie ein Wackeldackel.

»Könnte schwören, da war ein Weißer Hai«, sagt er bedeutungsvoll.

»Ach, ›weiß‹ war er also auch noch«, pruste ich los, die Geschichte wird echt immer krasser.

»Die Weißen sind nur am Bauch weiß, aber es sind die größten. Unserer war so groß wie ein Segelboot!«, ruft Elvis und nickt aufgeregt.

Ich postiere ihn bei seinen steifen Kumpels, denn ich will jetzt endlich meinen Nachtisch essen. Genug von Weißen Haien! Außerdem bin ich enttäuscht, dass Wencke so schnell verschwunden ist.

»Bis später mal, Elvis.«

»Wie ein Segelboot!«, ruft er mir hinterher.

Voller Vorfreude schiebe ich den Löffel durch die obere Schicht Kakao, da entdecke ich gerade noch rechtzeitig ein kleines Stück Papier. Das war doch eben noch nicht da! Es hat die Form von einem Glückskeks-Zettelchen, wie man es, versteckt in einem trockenen Keks, im China-Restaurant bekommt. Das Gebäck schmeckt meistens wie Spekulatius aus der Steinzeit, trotzdem lese ich jedes Mal gespannt, welche Überraschung die Zukunft für mich bereithält. Leider ist bislang noch keine Vorhersage wahr geworden. Außer: *Sie werden eine weite Reise antreten.* Damit hatten die Glückskeks-Schreiber wohl Hummerstrand gemeint. Vielen Dank auch!

Misstrauisch schaue ich in die Runde. Wer hat meinen Nachtisch ruiniert? Niemand verrät sich durch ein Kichern oder Räuspern. Der Appetit ist mir vergangen. Mit spitzen Fingern fische ich den Zettel heraus, er ist fettig und verschmiert. Ich falte ihn auf und staune, denn darauf steht kein Spruch, sondern eine Zahlenreihe:

-01/34/24-7/2330

Was, zum Tintenfisch, soll das bedeuten?

Fliegen oder schwimmen

Gestern bin ich gleich am ersten Tag der Sommerferien mit dem Flugzeug nach Hummerstrand geflogen. Wie immer in den letzten vier Jahren hätte ich viel lieber die Fähre genommen. Doch mein Vater Benno ist der Meinung, Schiffe und Züge seien was für Rentner und Faulpelze, die es nicht eilig haben. Er hat es nämlich immer eilig.

»Um erfolgreich zu sein, muss man stets der Erste sein«, ist sein Motto. Könnte er Geschäfte auf dem Mond machen, säße er wohl regelmäßig in einer Rakete, wo er seine schwerelos umherfliegenden Papiere ordnen und ungeduldig auf seine Schweizer Armbanduhr schauen würde.

Wenige Kilometer vor unserer Stadt liegt ein winziger Flughafen. Als Startbahn dient eine holprige Wiese, an deren Rand ein alter Hubschrauber geduldig auf Gewinner von Rundflügen wartet. Ansonsten startet von dort nur eine klapprige Cessna Richtung Hummerstrand. Als Terminal dient ein kleines Partyzelt vom Baumarkt.

Während Papa seine goldene Kreditkarte durch das Gerät zog, das Johann, der Cessna-Pilot, ihm höchstpersönlich unter die Nase hielt, stöhnte er genervt: »Der Preis ist ja höher, als ihre Kiste fliegen kann.«

Erst wollte ich etwas erwidern, aber dann ließ ich es doch bleiben. Denn es wäre völlig sinnlos gewesen, ihn noch einmal zu fragen, warum er und Mama mich nicht mit nach Griechenland nehmen wollten. Die Antwort kannte ich nämlich schon:

»Du weißt doch, Jem, dass ich gerne Extremsport mache, und Mama braucht einmal im Jahr ihre wohlverdiente Ruhe. Für deine Lunge ist Hummerstrand wirklich das Allerbeste!«

Stattdessen stürzte ich mich im Flugzeug wortlos auf das Frühstück: Schnittchen mit grober Wurst und Harzer Käse. Außerdem gab es wie immer Kaffee und Tee aus der Thermoskanne, Kuchen, den Johanns Tante Engeline gebacken hatte, und Capri-Sonne. Tee und Kaffee sind nicht mein Ding, daher saugte ich an der Fruchtsafttüte aus Alu, bis sie ganz platt war und schnorchelnde Geräusche von sich gab. Am Ende pfiff sie einmal kurz. Genau wie meine Lunge, wenn ich sie herausfordere.

Nachdem wir rumpelnd gestartet waren, winkte mir Papa aus seinem davonrasenden Audi heraus zu, und von Mama kam kurz darauf die übliche Abschieds-SMS. »Gute Reise, Schatz. Sei vorsichtig und überanstrenge dich nicht. Deine dich liebende Mama!«, stand wie jedes Jahr da drin, brauchte ich gar nicht nachzuschauen.

In der kleinen Propellermaschine hatte direkt in der Reihe hinter mir ein dicker Typ gesessen, ungefähr so alt wie meine Opas, mit einer winzigen goldenen Kette, die größtenteils in den Wülsten seines Halses verschwand. Im Arm hielt er eine blonde Frau – etwas jünger als Mama –, die ständig quiekte. Sie sah aus wie der TV-Star Fiona Steinburger, aber nur fast. Der

Dicke drückte die Blonde bei jedem Schrei dicht an sich, und sie wölbte zum Dank die Lippen wie ein Karpfen. Echt eklig. Ein paarmal schüttelte ich demonstrativ vor ihnen den Kopf, aber das brachte überhaupt nichts.

Noch schnell einen Hub aus dem Lungenspray, dann versuchte ich die Geräusche hinter mir für den restlichen Flug nach Hummerstrand auszublenden.

Hähnchens Folterkammer

Es ist nach Mitternacht, *Haus Horizont* schläft. Ich schalte die Taschenlampen-App ein, und sofort blinkt mein Handy hektisch auf. Blöder Touchscreen! Manchmal hätte ich gerne echte Knöpfe zum Drücken, so wie an dem alten Kassettenrekorder, der bei Oma und Opa rumsteht.

Logisch, dass Sevi zu knurren beginnt: »Mensch, Jem wem gibst du denn zur Geisterstunde Morsezeichen? Ich will schlafen!«

»Sorry, Sevi.«

»Ist schon oki!«

»Es heißt okay!«

»Sag ich doch.«

Pffffffffffffft.

»Du hast schon wieder gepupst!«

»Sorry, Jem.«

»Gute Nacht.«

Unter der Decke studiere ich die Zahlenreihe: -01/34/24-7/2330

Für mich bleibt es ein Zettel mit einem Dutzend Fragezeichen. Vielleicht ist er auch nur zufällig bei mir gelandet. Dagegen spricht natürlich, dass die Nachricht fest auf meinem Tiramisu klebte, als ich zurück an den Platz kam. Irgendjemand aus dem Speisesaal hatte sie dort hingepappt. Außer den *Rücken* und den *Hüften* ist jeder verdächtig. Wencke und Cäcilie schließe ich auch aus, logisch.

Ich beginne zu schwitzen. Selber schuld! Hochsommer auf Hummerstrand, und ich liege unter der Decke und zerbreche mir den Kopf. Ich muss gähnen und schließe für einen Moment die Augen.

Als ich wieder aufwache, bin ich klitschnass. Die App blinkt, und der Akku meines Handys ist fast leer. Ich brauche einige Sekunden, um klar im Kopf zu werden, dann schalte ich die App aus. Dabei fällt mein Blick auf die Datumsanzeige: 25. Juli. Es ist Viertel vor vier.

Das ist es! In dem klammen Wirrwarr aus Laken, Kissen und Bettdecke suche ich hektisch nach dem Zettel. Doch erst als ich mich kratze, finde ich ihn. Er klebt dort, wo mein Rücken zum Po wird.

Ich brauche die Ziffern nur noch als letzten Beweis. Denn soeben ist mir klar geworden: Gestern, am 24.7., sollte »-01/34/… …/2330« passieren!

Okay, ich gebe zu, das klingt bescheuert. Trotzdem habe ich einen Teil der Kombination geknackt. Vielleicht stehen die anderen Zahlen für die Uhrzeit und den Ort? Papas Bruder Michael ist ein hohes Tier bei der Bundeswehr, und wenn ihn jemand fragt, wie spät es ist, antwortet er jedes Mal wie aus der Pistole geschossen: »1830« oder »1445«. Das bedeutet halb sieben oder Viertel vor drei. Dann ist mit 2330 möglicherweise halb zwölf gemeint. Mist, ich habe etwas verpasst, das »-1/34« stattfinden sollte.

Dann fällt es mir wie Schuppen von den Augen. Sevi und ich wohnen im vierten Stock, Zimmer 29. Die eins mit dem Minus muss sich auf die Etage, die 34 auf den Raum beziehen. Übersetzt heißt die Botschaft also: Treffen um halb zwölf am 24. Juli im Keller, Raum 34, denn das Minus kann nur für ein Untergeschoss stehen.

Zu spät, stelle ich enttäuscht fest, die Party hat ohne mich stattgefunden. Doch an Schlaf ist jetzt nicht mehr zu denken. Dieses Rätsel will ich lösen, oder wenigstens eine Spur finden. Vielleicht hat der geheimnisvolle Zettelschreiber mir ja eine weitere Botschaft hinterlassen.

Sevi befindet sich im absoluten Tiefschlaf. Die Brille hängt ihm schief über der Nase. Während ich mich anziehe, frage ich mich, ob man gleichzeitig schnarchen und pupsen kann. Sevi kann! Beinahe stolpere ich beim Hinausgehen über das Stativ des Fernrohrs, mit dem er regelmäßig den Himmel nach unbekannten Sternen absucht. Nichts wie raus hier.

Der Flur wirkt unheimlich, so verlassen und dämmerig, kurz überlege ich umzukehren. Doch das leise Gemurmel der versammelten Nachtwachen im Dienstzimmer beruhigt mich ein wenig, auch wenn ich nur ungern von ihnen erwischt würde. Wie ein Indianer schleiche ich gebückt unterhalb der Sichtscheibe entlang und schaffe es – vorbei an den geparkten Rollis und Liegen – bis ins hintere Treppenhaus. Erst in dem kleinen

Vorraum mit der Aufzugstür merke ich, wie lange ich die Luft angehalten habe. Als ich meine Lungenflügel wieder auffülle, pfeift es laut. Zum Glück hat es keine der Nachtwachen mitbekommen. Einige Atemzüge lang schaue ich durch das Flurfenster über die schlafende Insel. *Haus Horizont* liegt auf einem Hügel. Von hier aus kann ich links die schaukelnden, leuchtenden Bojen draußen vor der Hafeneinfahrt erkennen. Über dem Dorf fehlt der übliche Lichtkegel, wie er Ortschaften in der Nacht überspannt, denn sobald die Ausflugsschiffe am späten Nachmittag zurück zum Festland fahren, ist es wie ausgestorben. Rechts liegen der Strand und das tintenschwarze Meer, in dem angeblich seit heute ein Hai herumschwimmt.

Nachdem ich wieder etwas zu Atem gekommen bin, geht es weiter. Über die Treppe schaffe ich es unbemerkt in den Keller.

Auch wenn die Wahrscheinlichkeit gleich null ist, lausche ich einige Sekunden, ob schon jemand von der Küchenmannschaft eingetroffen ist. Nichts zu hören, die Suche nach Raum 34 kann also losgehen. Links von mir erstreckt sich der lange Flur, zu meiner Rechten befindet sich die Tür zum Hof, auf dem die Lieferautos halten. Gleich zu Beginn des Gangs liegt die Großküche, an der Tür steht: 01. Demnach muss sich mein Ziel am hinteren Ende des Flures befinden. Ich schleiche vorbei am Küchenbüro, den Lager- und Technikräumen und dem Eiskeller. Dann kommt ein scharfer Rechtsknick, und nach weiteren drei Räumen, auf denen jeweils »Archiv« steht, finde ich die gesuchten Zahlen. Nichts unterscheidet diese Tür von all den anderen.

Vorsichtig und so leise wie möglich drücke ich die Türklinke herunter. Der Raum ist unverschlossen. Ich taste nach dem Lichtschalter, das Neonlicht surrt, flackert kurz, dann ist es hell und ich blicke in eine Rumpelkammer. Ringsum an den Wänden stehen Regale, deren Böden sich unter der Last vieler Kartons und Kisten bedrohlich biegen. In der Mitte des Raumes stapeln sich weitere unzählige Kartons zu einer verstaubten Insel aus Pappe. Zwischen der Insel und den Regalen bleibt gerade genug Platz für einen Rundgang. Warum sollte mich jemand hierher bestellen?

Eine Ordnung kann ich nicht ausmachen, deshalb ziehe ich einfach die Laschen des erstbesten Kartons nach oben, tauche mit der Nase durch eine dichte Staubwolke und bekomme die Niesattacke meines Lebens. Als sich wieder ausreichend Luft in meiner Capri-Lunge befindet, schließe ich vorsichtshalber die Tür. Dann wühle ich in dem Karton herum – T-Shirts, Socken und Shorts, nichts Interessantes. Außerdem noch eine uralte Zeitschrift über Popstars und Pickelprobleme. Ich blättere sie schnell durch und bleibe bei zwei Teenagern hängen, die sich splitternackt haben fotografieren lassen. Zwischen deren Beinen wachsen die Haare wie Unkraut, so etwas habe ich noch nie gesehen. Kopfschüttelnd lege ich die Zeitung zurück und widme mich dem nächsten Karton. Auf dem Deckel steht: *Annegret Denker, nicht abgeholt. September 77*

Auch hier nur Klamotten, ein paar Pferdebücher und ein Tagebuch mit einem kleinen Schloss daran. *Welches Mädchen lässt denn seine geheimsten Geheimnisse zurück?* Ich drücke Annegrets Kiste wieder zu. Wegen einer Abstellkammer voller Flohmarktkisten habe ich mich also mitten in der Nacht in den Keller geschlichen und wäre fast am Staub aus dem letzten Jahrtausend erstickt! Gefrustet schaue ich von einer Beschriftung zur nächsten, immer das Gleiche: Ein Name und eine Notiz. Aber eine Nachricht vom Zettelschreiber kann ich nirgendwo entdecken.

Doch ein Pappkarton, dessen eingeklemmter Deckel offen steht, springt mir sofort ins Auge. Eine schwarz-gelbe Eidechse winkt mir von der Pappe aus zu. »Lurchi« steht über seinem grünen Hut. Ich greife in den Karton und bekomme eine Handvoll Fotos zu fassen. Auf allen ist irgendein Ort auf Hummerstrand zu sehen, und Kinder, die entweder in die Kamera winken oder in Begleitung von Pflegern in altmodischen Klamotten unterwegs sind. Rollstuhlfahrer in Rollkragenpullis, Spastis und Normale – so wie ich. Ich greife noch einmal hinein und fische den nächsten Stapel heraus, da fliegt plötzlich die Tür auf.

»Was treibst du denn hier, Bürschchen?«, dröhnt eine angsteinflößende Stimme.

Ich kenne die Frau. Sie heißt Elsa. Alle nennen sie nur Hähnchen, weil sie schon von Weitem nach Gebratenem und altem Fett riecht. Hähnchen ist die Küchenchefin vom Hoz. Blitzschnell lasse ich eines der Fotos in meiner Hosentasche verschwinden. Im nächsten Moment schiebt sie mich auch schon wie einen Gefangenen vor sich her und bugsiert mich unsanft in ihr kleines Büro neben der Küche. Wo sonst die Leberwurst- und Champignoncremesuppenvorräte am Computer kontrolliert werden, drückt sie mich auf einen unbequemen Holzstuhl und knipst eine grelle Schreibtischlampe an. Aus den Augenwinkeln nehme ich ein Fenster zu meiner Linken wahr, hinter dem sich die Küche befindet. Dampf dringt aus den Maschinen. Es stinkt nach Chlor und Spülwasser, selbst im Büro, es ist zum Würgen. Ich sitze verdammt noch mal in der Klemme! Unruhig rutsche ich auf dem glatten Sitz hin und her. Bei jedem Atemzug pfeift es in meiner Brust. Alarmstufe drei, würde ich sagen. Stufe vier wäre die absolute Katastrophe. Fünf kann die schlimmsten Folgen haben!

»Ich brauche mein Spray«, bringe ich schwach hervor und linse dabei auf den Stapel Speisepläne, der neben mir in einem Korb auf dem Schreibtisch liegt. Heute Abend wird es Schokopudding geben. Wenigstens etwas.

»Was wolltest du mitgehen lassen, Freundchen?«, dröhnt Hähnchen.

»Mein Spray, ich brauche mein Atemspray!«, verlange ich jetzt etwas mutiger. »Wollen Sie, dass ich ersticke?«

»Wenn du mir sagst, was du hier unten gesucht hast, passiert dir nix«, bekomme ich zur Antwort.

»Und wenn nicht«, gebe ich patzig zurück, »komm ich in die Wurst, oder was?«

»Dann muss ich Schwester Wencke und Heimleiter Bender über deinen Diebstahl informieren. Außerdem hast du ein ganz schön loses Mundwerk, Kleiner.«

Ihre winzigen Augen funkeln mich durch die dicken Brillengläser an. Sie kommt mir so nahe, dass ich sogar die Haare in ihren Nasenlöchern zählen kann. Eklig!

»Ich habe mich verirrt«, lüge ich. »Na und?«

Während Hähnchen sich vorbeugt, spannt der blaue Kittel knisternd um ihren runden Bauch. »Ich kenne dich, du bist Jeremia Jacobs«, raunt sie, die Augen zu Schlitzen verengt. »Wenn ich mich nicht täusche, bist du nicht das erste Mal im *Haus Horizont*, also erzähl mir nix von wegen ›verirrt‹.«

»Na gut, es tut mir leid«, gebe ich gespielt nach. »Ich wollte doch nur gucken, ob noch etwas von dem leckeren Nachtisch übrig ist. Tira…«

»…misu!«, fällt sie mir etwa zwei Oktaven tiefer ins Wort. »Du verkackeierst mich doch! Seit wann wird der Nachtisch in der Verwahrkammer gelagert?«

Mir reicht es jetzt. »Zum Tintenfisch, lassen Sie mich gehen! Schließlich bin ich Gast hier! Außerdem bin ich noch ein Kind, Sie dürfen mich nicht festhalten wie eine Geisel. Das ist Folter! Mit dem Stuhl und dem Licht und so. Das habe ich bei CSI gesehen!«

Einen Moment lang frage ich mich, wozu diese gemeine Frau wohl imstande ist, da macht sie schnaubend Platz. Gerade genug, damit ich aufstehen kann. Zu wenig, um nicht fast ihre Nasenspitze zu berühren.

»Wir sprechen uns noch, Freundchen«, brummt sie.

Ich spüre ihren heißen Atem und rieche tatsächlich Hähnchen. Ohne mich umzudrehen, gehe ich so langsam und aufrecht, wie es mir in Anbetracht der Umstände möglich ist, zurück zum hinteren Treppenhaus und verziehe mich mit pfeifenden Lungen.

Die letzten Heuler

Als ich das Erdgeschoss erreiche, strahlt die Morgensonne durch die Fenster am Ende des Flures. Alles ist rot und gelb, als vermische sich Erdbeer- mit Ingwermarmelade. Ich atme ein paarmal tief durch und schiebe eine Hand in die Gesäßtasche meiner Cargo. Das Foto ist noch da. Zum Glück ist es nicht rausgerutscht, als ich in Hähnchens Folterkammer festsaß. Der Ausflug in den Keller war nicht umsonst gewesen. Das bunte Stück Papier fühlt sich wie eine Trophäe an. Ich will es herausziehen. Noch einmal einen genaueren Blick darauf werfen, aber dann lasse ich es bleiben. Nicht hier im Flur, nicht jetzt. Im Dienstzimmer findet gerade die Übergabe statt, ich kann die Stimmen der Frühschicht hören.

Winzige Staubteilchen tanzen in der Luft; wegen der Schatten sieht alles schräg und schief aus. Einmal bin ich spät nachts dazugestoßen, als sich meine Eltern gerade einen uralten Horrorfilm ansahen, so alt, dass nicht einmal gesprochen wurde: *Das Cabinet des Dr. Caligari*. Da passten die Türen nicht in die Rahmen und die Fenster hingen krumm in den Wänden. Daran muss ich jetzt denken. Ich stelle mich mitten hinein in die gelben Strahlen und werfe einen so großen Schatten, dass meine Hand die Ausmaße einer Dinosaurier-Pranke hat. Mit den Fingern forme ich einen Wolf und danach ein Krokodil, die einzigen Figuren, die mir auf Anhieb gelingen. Unbeobachtet wie ich bin, mache ich noch den längsten Stinkefinger, den die Welt jemals gesehen hat. Da höre ich in meinem Rücken ein Kichern. Ich drehe mich um und entdecke Cäcilie. Sie hat noch nie gelächelt oder gelacht, geschweige denn gekichert. Doch irgendwer hat gekichert, ich habe mich ganz sicher nicht verhört. Also gehe ich zu ihr und wische ein paarmal vor ihren Augen entlang, wie man es in Filmen manchmal sieht. Keine Reaktion – ihre Miene ist weder freundlich noch schlecht gelaunt. Nichts verrät, was in ihrem blonden Kopf vor sich geht. Die Pfleger haben ihr die Haare ganz kurz geschnitten, weil sie sonst so lange mit den Fingern darin herumwühlt, bis alles verknotet ist. Auch jetzt sucht sie irgendwas zum Festhalten. Der Schnodder läuft ihr das Kinn hinunter.

»Alles klar, Cäcie?«

Natürlich bekomme ich keine Antwort. Stattdessen höre ich Chris, den dicken Pfleger: »Guten Morgen, ihr zwei. Na, ihr seid ja heute von der ganz frühen Truppe!«

Chris sieht lustig aus mit Glatze und offenem Mund. Wie Casper, das kleine Gespenst. Er zupft ein paar Taschentücher aus einer Box und wischt Cäcies Gesicht trocken. Sobald jemand Cäcies Hand ergreift, geht sie ohne zu zögern mit. Man könnte sie überall hinbringen: In einen Blizzard ohne Socken, einen Käfig voller Löwen oder an den Rand eines Wolkenkratzers. Macht aber keiner, denn alle lieben Cäcie. Sie verbringt ihre Tage damit, dass sie durchs Haus wandert, in fremde Zimmer hineingeht und wieder herauskommt, ohne Absicht oder Ziel. Oft weiß niemand, wo sie gerade steckt. Deshalb klebt auf ihrem Rücken ein Zettel, auf dem ihr Name und die Telefonnummer der Station notiert sind. Darunter steht: *Bitte bringen Sie Cäcilie zurück ins Haus Horizont oder rufen Sie uns an.*

»Frühstück gibt's doch erst in zwei Stunden, Jem«, verabschiedet sich Chris.

Dann verschwinden er und Cäcie in den gleißenden Strahlen, wie Außerirdische in einer galaktischen Lichtschleuse Spasti wäre begeistert.

Als ich wieder alleine bin, ziehe ich doch noch das Foto hervor und betrachte die drei Gesichter darauf. *Ob die noch leben?,* frage ich mich. Das Papier ist zerknittert und die Farben vergilbt. Der in der Mitte stützt sich auf Krücken, dabei blickt er skeptisch in die Kamera. Rechts neben ihm steht ein Mädchen, das ihm gerade bis zur Schulter reicht und dem auf den ersten Blick nichts fehlt. Dem Dritten baue ich in meiner Vorstellung einen Rolli unter den Hintern, denn hinter seinen Ohren sind die Schubgriffe zu erkennen. Ihre Gesichter sind so ernst, als habe der Fotograf sie bei einer wichtigen Mission gestört. Dann bleibt mein Blick plötzlich an einem Detail hängen: Der Typ mit den Krücken trägt ein Shirt, auf dem ein Hai sein Maul irre weit aufreißt, sodass eigentlich nur ein Schlund und viele Zähne zu sehen sind. Ich drehe das Foto um. Auf der Rückseite steht:

Der Klub der letzten Heuler, 12.6.1976

»Wo hast du gesteckt?«, fragt mich Sevi, als ich mich kurz darauf erschöpft auf mein Bett fallen lasse. »Willst du etwa jetzt noch schlafen?«

Im Gegensatz zu mir ist er ein begeisterter Frühaufsteher.

»Der frühe Vogel kann mich mal, und wer isst schon gerne Würmer?«, komme ich ihm zuvor, ehe er wieder seinen Lieblingsspruch bringen kann.

»Oki, wie du meinst. Ich ziehe mal los!«, verabschiedet sich Sevi.

»Es heißt … ach egal«, breche ich ab, denn ich brauche jetzt vor allem Ruhe. Der Morgen ist für meinen Geschmack etwas zu aufregend verlaufen. Ich mache schnell noch einen Eintrag in meine No-Go-Liste: *Aufstehen vor 5.*

Jetzt noch eine Nase Handcreme, dann sollte einem kurzen Schlummer bis zum Frühstück nichts mehr im Weg stehen.

Haus ohne Horizont

»Guten Morgen, alle zusammen! Esst ruhig weiter, ich möchte die Gelegenheit nutzen, um euch ein paar Neuigkeiten mitzuteilen.«

Der Heimleiter vom Hoz hat sich im Speisesaal vor der Scheibe zum Dienstzimmer aufgebaut und wühlt mit den Händen in seinen Hosentaschen, als knete er getrocknete Tempos weich. Er heißt Burkhard Bender. Wir nennen ihn aber meistens nur BB. Letztes Jahr bestand BBs Kleidung noch aus einer beigen Strickjacke, Jeans vom Baumarkt und weißen Gesundheitsschuhen mit Riemchen. Doch der schicke Anzug, den er heute trägt, könnte ebenso gut im Schrank meines Vaters hängen, wenn BB nicht so einen unübersehbar runden Bauch hätte. So wie Hähnchen, die mit einem Stapel frischer Tischtücher in der Tür steht und zuhört.

»Schicke Klamotte«, flüstert mir Elvis Cornflakes malmend zu. »Der hat wohl 'ne Braut?«

Mit den Krümeln, die sich auf der Serviette vor ihm ausbreiten, könnte ein Eichhörnchen sorglos überwintern.

»Vielleicht ist es Schwester Wencke?«, mischt sich Flo ein. Die Stacheln auf ihrem Kopf leuchten heute neongrün.

»Quatsch!«, protestiere ich. »Die ist solo!«

Woraufhin mir Flo einen vielsagenden Blick zuwirft und blöd kichert.

»Bitte seid mal ruhig!«, ruft uns BB zur Ordnung. »Was ich zu sagen habe, ist wirklich wichtig!«

»Haben Sie etwa den Hai gefangen?«, will Sevi wissen, und sofort geht das große Tuscheln wieder los.

»Wir wollen den Weißen Hai sehen!«, fordert einer der *Rücken*.

»Wir wollen den Weißen Hai sehen! Wir wollen den Weißen Hai sehen!«, ruft nun fast der gesamte Speisesaal.

Einige beginnen mit den Servietten in der Luft zu wedeln. Sekunden später schwenken alle die weißen Tücher hin und her.

»Weißer Hai! Weißer Hai! Weißer Hai!«

»Ruhe, Mensch, Leute, nun hört doch endlich mal zu!«, versucht BB sich Gehör zu verschaffen.

Chris hebt seine schwabbeligen Arme, um uns zu beruhigen – zwecklos. Dann ertönt ein gellender Pfiff. Wencke hat sich zwei ihrer Finger in den Mund gesteckt. *Sie muss eine wunderbare Lunge haben, wenn sie so laut pfeifen kann*, staune ich. Ein lautes Klingeln bleibt wie ein Echo in meinen Ohren zurück.

Das hat gesessen, außer Brabbel sind alle still.

BB räuspert sich. »Also, zuerst möchte ich euch wie jedes Jahr herzlich willkommen heißen. Die meisten reisen ja regelmäßig auf unsere kleine, aber feine Insel und verbringen hier ihre Ferien. Ich schaue in viele bekannte Gesichter. Hallo Florentine, mein alter Freund Severin, Jeremia.«

»Hallo, Herr Bender!«, ruft Sevi fröhlich zurück. »Ich habe

mein nagelneues Fernrohr mitgebracht, wenn Sie mal durchschauen wollen?«

»Gerne, Severin, später.«

Tock. Flo ruckelt ungeduldig mit ihrem K3-Hurricane gegen das Tischbein, sie will sich endlich über ihre Schokopops hermachen. *Tock, tock.*

BB winkt in unsere Richtung, und ich quäle mir ein Lächeln ab, weil ich überall lieber wäre, als in seinem »Urlaubsklub für Super-Kids mit Handicap«, wie mein Vater *Haus Horizont* einmal bezeichnet hat.

»Ihr seid alle alt genug, um zu verstehen, dass sich manche Dinge im Leben ändern«, fährt BB fort, und wir schauen uns fragend an.

»Was soll das heißen?«, fragt Sevi. »Gibt's endlich jeden Tag Burger und Pommes?«

»Spaghetti-Bolo!«

»Kapü-Schnitzel!«

»Salami-Pizza!«

»Wir wollen Pizza! Wir wollen Pizza!«, hat sich eine Gruppe zusammengetan und reckt kämpferisch die Fäuste.

»Nein, nein, psssst«, versucht BB, den Aufruhr unter Kontrolle zu bringen. »Es geht um etwas sehr Ernstes.«

Flo kontrolliert mit den Fingern die Stacheln auf ihrem Kopf. Das tut sie immer, wenn sie nervös ist. Die anderen schweigen.

Vielleicht verrät ja Wenckes Gesicht, was er meint. Doch sie schaut zu Boden, was sonst nicht ihre Art ist.

BB streicht über seine Halbglatze und räuspert sich wieder.

»Nun, ich will es kurz machen. Dies ist die letzte Saison für *Haus Horizont*. Eine große Firma wird diesen schönen Ort kaufen und darauf ein exklusives Hotel mit Schwimmbad und Erholungsbereich errichten. Deshalb werden sie *Haus Horizont* abreißen.«

Grabesstille macht sich breit. Spasti, der eben noch krachend in sein Knäckebrot gebissen hat, rieseln Krümel aus dem offenen Mund.

»Ihr kennt mich, natürlich habe ich wie ein Tiger um unser geliebtes *Horizont* gekämpft, doch es hat alles nichts gebracht.« BB schüttelt deprimiert den Kopf. »Gegen die Macht des großen Geldes musste ich mich geschlagen geben. Das ist so unfair. Vor allem für euch.«

Die Ersten fangen an zu heulen. Niemand isst mehr. Nach und nach wird allen klar, was Benders Ansprache bedeutet. Nur Cäcie schaut nach draußen, als ginge sie das alles nichts an. Und Brabbel setzt leise sein Selbstgespräch fort.

»Wir sammeln unser Taschengeld und kaufen das Hoz zurück!«, schlägt einer der kleinen Rollifahrer vor.

Einige lachen, aber nur kurz.

»Genau«, ruft Elvis. »Hoz gehört uns! Hoz gehört uns!«

Und sofort setzt wieder der Chor ein: »Hoz gehört uns!«

»Das ist lieb gemeint, Paul.« BB reibt sich gerührt die Augen. »Doch ich fürchte, das wird nicht reichen. Wir müssen uns wohl damit abfinden, dass unser wunderbares Haus verschwinden wird. Aber ihr kennt mich: Ich lasse niemanden im Stich. Für jeden von euch werde ich einen neuen Platz in einem tollen

Kurheim finden, das verspreche ich. Schließlich sind wir ein Team!«

Plötzlich stößt Wencke einen spitzen Schrei aus: »Der Hai! Er ist wieder da!«

Augenblicklich schauen alle aus dem Fenster. Sevi lässt vor Schreck wieder einen fahren. Ich kann gerade noch sehen, wie ein großes Dreieck auftaucht, die Sonne reflektiert und dann verschwindet er in den Wellen.

»Ich habe ihn auch gesehen!«, kreischt Flo und hält erneut ihre weiße Serviette in die Luft.

Nicht lange, und alle winken wild zum Meer. »Weißer Hai! Weißer Hai! Weißer Hai!«

»Herrgottnochmal!«, donnert BB dazwischen, dass der Putz bröckelt. »Hier gibt es keine Haie, bin ich denn im Irrenhaus? Schwester, reißen Sie sich gefälligst zusammen und bringen Sie die Kinder zum Schweigen!«

Verdattert ziehen wir die Köpfe ein. So haben wir den Bender noch nie erlebt. Selbst Chris und Wencke entfernen sich ein paar Schritte von ihrem Boss.

»So, jetzt wird gefrühstückt, und ab sofort will ich nichts mehr von einem Hai hören!« BBs Versuch zu lächeln geht voll in die Hose. »Ich wünsche euch einen schönen Tag und einen spannenden letzten Aufenthalt in *Haus Horizont*. Ach übrigens: Nächsten Samstag findet im Kurgarten ein Fest statt. Die neuen Besitzer werden auf ihr Projekt anstoßen. Bitte haltet euch in der Zeit im Haus auf. Die Leute möchten unter sich bleiben. Vielen Dank.«

Seine neuen Lederschuhe quietschen, als er auf dem Absatz kehrtmacht und den Speisesaal verlässt. Ein so stilles Frühstück habe ich auf Hummerstrand nie zuvor erlebt. Nicht einmal Wencke spricht mit uns. Ab und zu schaut sie kurz aus dem Fenster, genau wie alle anderen, doch dort draußen tut sich nichts mehr. Aus den Augenwinkeln bemerke ich, dass einer nach dem anderen seine Serviette in den Hosentaschen verschwinden lässt.

Das Schoko-Minus

Ohne jede Eile schlendere ich zur Schwimmhalle, denn auf dem Stundenplan steht Wassergymnastik. Das ist nichts für mich. Gleich nach dem Frühstück ins kalte Becken springen und womöglich auch noch Wasser schlucken? Allein bei der Vorstellung schaltet meine Lunge auf leere Capri-Sonne und gibt ein jammerndes Pfeifen von sich. Das soll heißen: »Ich warne dich, geh nicht zu weit, Jem!«

Die Badehose habe ich vorausschauend im Zimmer angezogen, wobei ich Sevi natürlich nur meinen schneeweißen Allerwertesten gezeigt habe. Ich stehe eben nicht drauf, Fremden meine Nudel zu präsentieren. Keiner würde es zugeben, aber alle in der Umkleidekabine schauen bei den anderen nach. Spirelli oder Spaghetti? Wer hat den längsten, dünnsten, kürzesten? Und bei wem sprießen untenrum sogar schon Haare? Bei wem tut sich noch gar nichts? Hallo!? Ich bin gerade mal fast zwölf! Da macht ein Piephahn-Vergleich doch noch gar keinen Sinn!

Es kommt, wie es kommen muss: Der angebliche Riesenhai ist Gesprächsthema Nummer eins, das Ende von *Haus Horizont* Thema Nummer zwei. An den Hai glaube ich immer noch nicht, und das Kurheim ist mir eigentlich egal. Klar ist es total blöd für diejenigen, die keine Wahl haben, weil sie im Rolli sitzen oder ein anderes *echtes* Problem haben, und nicht nur eine launische Lunge, so wie ich. Die müssen sich eben neue Freunde in einem anderen Kurheim suchen. Aber ich bin schließlich nur wegen der guten Seeluft auf Hummerstrand hier und demnächst wird mein Vater mich sicher auf seine Abenteuertrips mitnehmen.

Ich verdrücke mich also an den Beckenrand und lasse die anderen schwatzen und strampeln. Leider habe ich nach der frühmorgendlichen Begegnung mit Hähnchen kein Auge mehr zugetan und mein Körper fühlt sich an wie ein Zelt ohne Stangen. Glücklicherweise ist das Wasser nicht so kalt. Nach wenigen Minuten wird mir langweilig und ich stoße mich vom Beckenrand ab. Eine Runde Brustschwimmen, da kann meine Lunge nicht meckern. Besonders cool sieht das zwar nicht aus, aber solange der Kopf oben bleibt, schluckt man wenigstens kein Wasser. Alle nennen das hier »die Ente machen«. Sportlichere Schwimmstile wie Kraulen, Schmetterling oder Rückenkraulen existieren für mich nur als Notiz in meiner No-Go-Liste. Die anderen haben jetzt angefangen, im kleinen Becken Ball zu spielen, und stören mich nicht. Flo kreischt am lautesten. Die kümmerlichen Reste ihrer Punkerfrisur hängen schlaff auf ihren Schultern. Plötzlich ist meine Schwimmbahn versperrt. Um nicht direkt in Cäcie hineinzukrachen, tauche ich ab. Prompt gerät Wasser in meine Lunge, und als ich wieder auftauche, gibt es den ganz großen Hustenalarm.

Nachdem mein Organ sich wieder beruhigt hat, staune ich nicht schlecht. Cäcie ist inzwischen einige Meter weitergetrieben. Auf dem Rücken liegend, wie ein schwebender Engel auf gechlortem Poolwasser, betrachtet sie die Decke. Ich hole sie ein und drehe sie an den Füßen, damit sie nicht gegen die Wand stößt. Dann gebe ich ihr einen Schubs und sie gleitet wieder zurück. Außer mir sieht nur Chris dabei zu, wie Cäcie ihr Bad genießt.

»Sie liebt Wasser über alles«, sagt er und zieht sich die Badehose ein Stück über seinen wabbeligen Bauch. »Alles okay bei dir, Jem?«

»Alles super.«

Völlig unerwartet taucht Spasti am Geländer der Pooltreppe auf. »Wo warst du?«, fragt er hinter vorgehaltener Hand.

Ich hebe einen Arm aus dem Wasser und male ein großes Fragezeichen in die Luft.

»Halb zwölf gestern Nacht«, flüstert er. »Ich hab auf dich gewartet!«

Es dauert einen Moment, bis bei mir der Groschen fällt – aber dann rasselt er runter wie die Münzen in einem Getränkeautomaten. Es war Spasti, der mir den Nachtisch versaut hat! Seinetwegen habe ich zwischen den alten Kartons Staubflocken, groß wie Überraschungseier, geschluckt und wäre fast daran erstickt. Dieser Blödmann hat mich direkt in Hähnchens Folterkeller stolpern lassen.

»Was, zum Tintenfisch, hast du dir dabei gedacht?«, frage ich genervt. »Ich habe bei diesem Quatsch Kopf und Kragen riskiert! Du schuldest mir eine ganze Nacht Schlaf.«

»In welchem Zimmer warst du denn?«, hakt er neugierig nach.

»Ach, egal!«, zische ich. *Hatte er mich etwa doch nicht direkt in diese Rumpelkammer bestellt?*

»Erster Stock, Zimmer 34, um 1600«, sagt Spasti leise aber überdeutlich. Dann verdrückt er sich schaukelnd Richtung Umkleide, ohne dass ich noch etwas erwidern kann. Im Nachbarbecken gibt es plötzlich lautes Geschrei. Flo hat sich so weit aus dem Rolli gestreckt, dass sie umgekippt ist. Von ihr und ihrem wasserfesten Gefährt ist nichts mehr zu sehen. Nur ihre Hand reckt sich empor. Triumphierend hält sie den gefangenen Ball in die Höhe.

Nach der Schwimmstunde ziehe ich als Erstes den kleinen Zettel aus der Schublade meines Nachtschranks und rubbel über die Buchstaben. Der Strich vor der 01 verschwindet unter meinem Fingernagel. Als ich den Daumen unter meine Nase halte, rieche ich Schokolade. Das Minus war eindeutig ein Streusel von meinem Nachtisch. Ich fasse es nicht.

Da oder nicht da

»Der Hai war wirklich da. Als Materialisation, meine ich« erklärt mir Spasti, während er hektisch auf seinem Handy herumdrückt.

»Mate…riali…«, stammle ich mir einen ab. Fast bereue ich es schon wieder, hergekommen zu sein. Zimmer 34 hatte sich doch tatsächlich ganz einfach als Spastis entpuppt.

»…sation«, ergänzt er ungeduldig. »Er war da. War aber auch nicht da. Capito?«

Der Typ hat eindeutig nicht alle Shuttles im Hangar.

»Dann entscheide ich mich für ›nicht da‹«, seufze ich, »das macht die Sache einfacher. Kann ich jetzt in den Fernsehraum? Um halb fünf läuft …«

»Schau mal hier!«, unterbricht er mich und hält mir sein Handy direkt unter die Nase. »Ich hab gefilmt, während die anderen Trottel nur geglotzt haben.«

Wieder sehe ich das dreieckige Ding wenige Sekunden lang im Wasser herumschwimmen. Nur dieses Mal auf einem winzigen Bildschirm, was nicht wirklich mehr Licht ins Dunkel bringt. Ich schiebe seinen Arm fort und schaue mich in seinem Zimmer um. Sevis Beschreibung fällt mir wieder ein, er hat echt nicht übertrieben: Auch in diesem Jahr sieht es bei Spasti aus wie bei einem durchgeknallten Wissenschaftler. An den Wänden

hängen Skizzen über Skizzen. Dazwischen kleben unzählige kleine gelbe Zettel mit Notizen. Auf seinem Schreibtisch thront ein sauteurer Laptop. Ich hocke unsicher auf einem schwankenden Stapel Fachzeitschriften.

»Es ist rein wissenschaftlich so gut wie ausgeschlossen, dass es sich um einen Knorpelfisch von dieser Größe handelt. Nicht hier in der Nordsee, auf keinen Fall vor Hummerstrand«, ignoriert Spasti meinen Wunsch, endlich vor der Glotze die Gräten zu strecken und ein bisschen Schlaf nachzuholen.

»Knorpelfisch«, wiederhole ich mäßig interessiert.

»Kiefermäuler, Unterklasse Plattenkiemer, wissenschaftlicher Name: Selachii, steht doch alles auf Wiki!«, stöhnt Spasti. Dann schnalzt er mit der Zunge.

Ich rutsche von meinem wackligen Stuhl. »Du bist ein Klugscheißer. Bis demnächst mal. Hau rein, Spas… äh … Bernd.«

Ich habe die Klinke schon in der Hand, da sagt er: »Ich brauche ein Einsatz-Team.«

Skeptisch begutachte ich seine krummen Beine. Auch seine Arme erscheinen mir nicht wirklich Outdoor-tauglich.

»Was denn für einen Einsatz?«

»Bist du dabei, Jem?«, legt er nach. »Wir finden den Hai und lösen das Rätsel. Das wird uns zu Helden machen. Ich sehe schon die Schlagzeile in der HUPO.«

»In der was?«

»In der Zeitung, der *Hummerstrandpost*: Die ›Haijäger von *Haus Horizont*‹. Und unter einem Bild von uns werde ich zitiert: ›Das Biest hat sich gewehrt, doch wir waren stärker‹.«

»Sorry, gleich kommt meine absolute Lieblingsserie«, flunkere ich, »die darf ich echt nicht verpassen. Du weißt ja, ist man erst mal raus, dann …«

»Schon klar«, meint Spasti geknickt, und plötzlich tut er mir leid.

Er hat sich eine Menge einfallen lassen, um einen Partner für sein Team zu finden, trotzdem lasse ich ihn abblitzen. Keiner kann ihn leiden, was nicht nur auf einer kleinen Insel wie Hummerstrand total schrecklich ist. Doch wenn ich es genau überlege, war seine Zettelbotschaft auch eine Art Idiotentest gewesen. Warum hat er mich nicht einfach angesprochen? Logisch, er hatte herausfinden wollen, ob ich ausreichend graue Grütze in der Schüssel habe. Ob es sich lohnt, mich in seine Pläne einzuweihen.

Genau genommen, habe ich den Test doch eindeutig vergeigt! Warum gibt er mir eine zweite Chance? Und eine noch viel interessantere Frage ist: Warum halte ich mich eigentlich noch mit ihm auf? Die Antwort verursacht mir einen kleinen, aber spürbaren Kloß im Hals: Weil es klasse ist, mit jemandem zu reden, selbst wenn der Typ krumme Beine und einen gewaltigen Dachschaden hat. Weil es mir gefällt, nicht schon wieder in meinem eigenen Zimmer rumzuhocken und dem pupsenden Sevi beim Sternegucken zuzusehen. Weil ich noch beinahe drei Wochen hier sein muss. Und wenn die Tage so langsam und einsam dahinkriechen wie im letzten Jahr, dann prost Mahlzeit, Herr Kapitän. Ich beschließe, in Ruhe darüber nachzudenken.

»Mal schauen, bis später, Bernd, aber bitte keine Zettel mehr in meinem Nachtisch. Heute gibt's Schokopudding.«

»Woher weißt du das? Die machen doch immer so ein Geheimnis aus dem Speiseplan!«, horcht Spasti neugierig auf.

Ohne zu antworten, ziehe ich die Tür hinter mir zu. Eigentlich hätte ich ihm jetzt von meiner Fotoentdeckung im Keller erzählen können. Von den dreien, die sich der *Klub der letzten Heuler* genannt haben. Ich wüsste zu gern, was dahintersteckt. Und so wie ich Spastis Forschergeist kenne, hätte er auch sofort angebissen. Aber um der Sache weiter nachzugehen, müsste ich eigentlich noch mal zurück in den Kellerraum. Und mit einem Partner wie Spasti wäre jede Flucht vor der dicken Küchenchefin völlig aussichtslos. Also bleibt mir wohl nichts anderes übrig, als mich noch einmal allein in Hähnchens Revier zu wagen.

Jäcki voll in Fahrt

Beim Abendessen zieht Flo die übliche Show ab: Vollbremsung, Reifen quietschen, das ganze Programm. Nach dem Hallenbadbesuch sind ihre Stacheln jetzt wieder steif und strohblond, dafür wird das Poolwasser nun einen leichten Grünstich haben.

Ich bin entschlossen, mir die Pupsregel zunutze zu machen. Zu diesem Zweck habe ich als Erstes den Tomatensalat in mich hineingeschaufelt und dann auch noch Sevi seine Portion abgeschwatzt (»... is' oki, schmeckt eh scheiße!«), wobei ich von seinem Schälchen nur die Zwiebeln gegessen habe. Ich hoffe, die Wirkung setzt rechtzeitig ein, um mich zum Abräumer zu qualifizieren. Leider musste ich dafür den Schokopudding rausrücken.

»Von nichts kommt nichts«, sagt mein Vater regelmäßig, um seine unzähligen Überstunden zu rechtfertigen.

Stimmt, Papa, ich spüre schon, wie das rohe Gemüse wirkt! In meinem Bauch gluckert und blubbert es vielversprechend. Jetzt kommt es nur noch auf das perfekte Timing an, dann steht meinem zweiten Ausflug in den Keller nichts mehr im Weg – dieses Mal in offizieller Mission als Abräumer und Tellertaxi. Hähnchen ist sicher längst zu Hause und erholt sich für die Frühschicht.

Und tatsächlich, es läuft wie geschmiert. Während den anderen fast die Gedärme platzen, fühle ich mich ganz frei und nutze einen Moment, in dem es besonders still im Speisesaal ist.

Wenig später staple ich in Windeseile das schmutzige Geschirr zu kleinen Türmen, verdrücke mich zum Aufzug und fahre in den Keller. Ein guter Plan ist eben unbezahlbar! Leider habe ich vor lauter Begeisterung mein Handy auf dem Tisch liegen gelassen. Aber ich hoffe einfach darauf, dass Sevi es längst gesehen und eingesteckt hat. Doch ohne Uhr, Taschenlampen-App, Navi, Telefon, Wetter- und WhatsApp fühle ich mich wie ein Astronaut ohne Raumanzug und Sauerstoff. So ein Handy ist eben eine Art Schweizer Taschenmesser mit Kompass: Alles dran, alles drin. Vielleicht sollte ich noch mal hochfahren, um es zu holen. Zu spät – jemand reißt die Aufzugtür auf.

»Hey, Süßer«, begrüßt mich Jacqueline Senfmeier, die Küchenhilfe mit den krausen Haaren und den Scheinwerferaugen. Blaue Scheinwerfer, um genau zu sein, mit fingerlangen Wimpern darüber, die ständig klimpern. Irgendwie ist mir das nicht geheuer. Genauso wenig wie ihre großen Möpse, weil Jäcki, wie alle sie nennen, mir immer viel zu nahe kommt, wann immer wir uns zufällig über den Weg laufen. Einmal habe ich mich sogar in den Eiskeller verdrückt, um ihr auszuweichen. Fast bekam ich Frostbeulen an den Ohren, so lange hatte sie vor der Tür mit Jerome, dem Hausmeistergehilfen, geflirtet.

»Und ich so … und sie so … und ich so … weißt du, Jerome? Ist das nicht voll krass?«

Das nahm gar kein Ende. Von Jerome war nichts zu hören gewesen, wahrscheinlich hatte sie ihn in Trance geklimpert, oder er hatte die ganze Zeit mit offenem Mund auf ihre großen Dinger geglotzt.

Mit Jäcki habe ich wirklich nicht gerechnet.

»Das Geschirr, bitte schön.« Mehr fällt mir nicht ein, denn sie klimpert schon wieder. Und weil ich wie verdattert im Aufzug warte, drückt sie sich ganz dicht an mir vorbei, um den Geschirrwagen persönlich aus der engen Kabine zu schieben. Ich presse meinen Rücken gegen die Knöpfe, um mich von ihren Möpsen fernzuhalten … die Tür schließt sich … oh nein! Der Aufzug fährt wieder nach oben. Shit!

»Na, Kleiner, das hast du ja fein hingekriegt«, meint Jäcki, schürzt die Lippen und warnt mit dem Zeigefinger. »Das erzähl ich meinem Freund!«

Dann lacht sie kurz total laut auf. Zum Glück riecht ihr Atem noch nicht nach Hähnchen – vielleicht in dreißig Jahren. Im Moment habe ich allerdings keinen Schimmer, wie ich die nächsten dreißig Sekunden überstehen soll. Ausgerechnet den Knopf für die vierte Etage habe ich erwischt, und nun geht's ganz rauf. Ihre Lampenaugen sind starr auf mich gerichtet. Sie schaut böse, aber gleichzeitig lächelt sie auch, keine Ahnung, wie sie das anstellt. Der kleine Raum mufft inzwischen übel nach Zwiebeln und kalter Bratensoße. *Pling,* vierter Stock. Ich schiebe so schnell wie möglich mein Knie durch die Lichtschranke, so kann der Aufzug nicht davonfahren.

»Man sieht sich«, verabschiede ich mich.

Jäcki räumt einen Stapel Teller zur Seite, setzt sich auf den

Wagen, als mache sie es sich für eine längere Reise bequem, und erwidert gelangweilt: »Ciao.«

Sonst nichts. Irgendwas habe ich wohl falsch gemacht, ich habe nur keinen Schimmer, was! Bei Mädchen alles richtig machen zu wollen, ist so sinnlos, wie mit meinem Vater Pingpong zu spielen. Es haut einen jedes Mal von der Platte.

Der erste Versuch, erneut in Raum 34 zu gelangen, ist komplett in die Hose gegangen. Ich atme erleichtert durch, bis mein Puls sich ein wenig beruhigt hat. Dann starte ich den zweiten Anlauf durchs Treppenhaus.

Jäcki ist offenbar als Einzige von der Spätschicht noch im Dienst und belädt nun laut singend die riesigen Spülmaschinen.

»As long as you lalalalalalalalalalalalalalalalalove me«, macht sie das Chorgirl für Justin Bieber, dessen Hit aus einem Radio dröhnt.

Dabei hält sie einen Löffel vor den Mund wie ein Mikrofon. Nebel umwabert sie aus den offenen Maschinen, sie ist voll in Fahrt. Total peinlich, aber so kann ich mich unbemerkt an der Küche vorbeischleichen.

In Zimmer 34 erwartet mich die nächste Überraschung. Nachdem ich die Tür lautlos geöffnet habe, entdecke ich, dass jemand den gleichen Plan hatte wie ich. Und ich weiß auch gleich, um wen es sich handelt: Auf einer Kiste liegt ein Handy, das ich heute Nachmittag schon einmal gesehen habe. Mit eingeknickten Knien, den Kopf tief in einen der Kartons versengt, nuschelt Spasti: »Sehr interessant, was haben wir denn hier?«

»Woher weißt du von der Rumpelkammer?«, frage ich ohne lange Begrüßung.

Erschrocken reißt Spasti seinen Kopf hoch, wobei seine Brille am Karton hängen bleibt. Wie ein Maulwurf sieht er jetzt aus, er verzieht die Nase und blickt mich ertappt an. Ungeschickt fischt er nach der Brille, doch nach einigen Sekunden hat er sich wieder im Griff.

»Ganz einfach, Jem, irgendwo musstest du ja gesucht haben. Denn dass du den Code auf dem Zettel halbwegs knackst, daran habe ich nicht gezweifelt. Außerdem hast du gesagt, du hättest wegen mir ›Kopf und Kragen riskiert‹.« (Hier äfft er mich nach.) »Da blieb nur eine Möglichkeit: Du hast in der falschen Etage gesucht und bist mit Hähnchen zusammengestoßen! Ich habe einfach eins und eins zusammengezählt, und weil ich …«

»Ist ja schon gut, Mr Superhirn«, falle ich ihm ins Wort. Ich schiele rüber zum halb offenen Lurchi-Karton.

Spasti scheint ihn bislang nicht entdeckt zu haben. Doch mein Blick ist ihm natürlich nicht entgangen. *Wie kann einer nur so neugierig sein?*

»Ich habe etwas Gruseliges herausgefunden«, sagt Spasti mit ernster Stimme und fixiert dabei Lurchi, den Salamander. »Du auch, Jem?«

War ja klar, dass das hochbegabte Genie sogar aus alten und verstaubten Kisten noch Sensationen zutage fördert.

»Nee, nichts.«

Aber das kauft er mir natürlich nicht ab. »Und warum bist du dann wieder hier?«

»Was meinst du mit ›gruselig‹?« Jetzt äffe ich ihn nach.

»Also«, setzt Spasti an und holt noch mal tief Luft, »falls ich mich nicht irre …«

Mit einem Mal hören wir draußen auf dem Flur ein Kreischen.

»Waaas? Der Hai ist wieder da? Das ist ja voll megakrass«, schreit Jäcki. Offenbar spricht sie mit jemandem am Handy. »Ich komme sofort rauf!«

Wir lauschen, wie sie davonrennt. Dann drängt mich Spasti aus der Rumpelkammer. Er lotst mich durch den Flur zur Lieferantentür, schaut kurz draußen, ob die Luft rein ist, und zieht mich ins Freie. Bevor ich kapiere, was er vorhat, klettert Spasti umständlich von der Warenrampe.

»Los, Jem, jetzt schauen wir uns die Sache mal aus der Nähe an!«

Bei den Felsen

Leise klickend fällt die Lieferantentür hinter mir ins Schloss. Das Geräusch klingt irgendwie endgültig, ich greife erschrocken nach dem runden Knauf, das Ding bewegt sich null. Sense, aus-die-Maus, hier kommen wir nicht mehr rein. Ein Zahlenfeld dient als Schlüssel, aber die Kombination kennen wahrscheinlich nur Hähnchen und der Kuckuck.

»Na toll, wir haben uns ausgesperrt!«, rufe ich Spasti hinterher, der längst die Lieferantenauffahrt entlanghumpelt.

»Mach hin, Jem!«

Natürlich hole ich ihn problemlos ein, aber Spasti hat eine Technik entwickelt, bei der er sein linkes Bein geschickt nach vorne wirbelt, wodurch er gehörig an Fahrt aufnimmt. Dabei habe ich ihn bislang für eine flügellahme Ente gehalten.

»Schnell zum Strand! Wir dürfen den Hai nicht verpassen«, ruft er. Noch ist es hell. Aber auf der anderen Seite von Hummerstrand wird die Sonne jeden Moment hinter den Felsen verschwinden. Dann bleibt noch etwa eine halbe Stunde, um sich in den weitläufigen Dünen vor dem Hoz vernünftig zu orientieren. Ehrlich gesagt, zerbreche ich mir den Kopf eher darüber, wie wir wieder unbemerkt ins Haus kommen, als über den blöden Hai. Frau Mella, die alte Dame am Empfang, ist längst im Feierabend,

also müssten wir klingeln und auf jemanden vom Nachtdienst warten, um dann unangenehme Fragen zu beantworten. Und auf Verhöre à la Hähnchen kann ich gern verzichten.

Oben, am Ende der Einfahrt, beginnt die Straße und nach wenigen Metern geht rechts ein Trampelpfad ab, der hinunter zum Strand führt. Ich halte mich knapp hinter Spasti und überlasse ihm die Führung. Irgendwann wird auch er kapieren, wie idiotisch das Ganze ist. Je mehr wir uns dem Strand nähern, umso sandiger wird der Pfad, das Laufen wird von Meter zu Meter anstrengender. Meine Lungen pfeifen schon *La Paloma*.

»Unfassbar«, stößt Spasti mit einem Mal hervor, und: »Ich glaub es nicht, das kann nicht sein!«

Jetzt reicht es mir. *Wovon spricht der Irre?* Ich überhole ihn, hänge ihn sogar ein Stück ab, und gleich darauf falle ich vor Schreck in den Sand. Spasti kann natürlich nicht rechtzeitig bremsen und stolpert über mich hinweg. Dabei rammt er mir ein Knie in den Rücken. Doch was ich sehe, lässt mich den Schmerz vergessen: Circa fünfzig Meter vor uns kreuzt eine Haifischflosse durch die Wellen. Schaumkronen rollen hoch herbei, verdecken kurz die Sicht. Aber dazwischen schwimmt tatsächlich ein Hai. Die Flosse ragt geschätzt einen halben Meter empor. *Wie groß ist dann erst der gesamte Knorpelfisch, Kiefermäuler, Plattenkiemer, Selachii, oder wie, zum Tintenfisch auch immer, Spasti das Vieh genannt hat?*

Spasti flucht: »So ’n Kack! Mein Handy! Ich habe es in der Rumpelkammer liegen lassen. Wie soll ich jetzt Beweise beschaffen?«

Jetzt sind wir schon zwei Deppen ohne Handy.

»Beweise? Wer … wer braucht da noch Beweise?«, stammle ich.

Spasti rappelt sich hoch und läuft weiter. Dann biegt er auf halbem Weg zum Wasser links ab auf einen Querpfad, denn der Hai schwimmt nun parallel zum Strand Richtung Oststeilküste.

Ich bleibe erst mal schnaufend am Boden liegen. Sand weht mir in den Mund. Der Hai ist hinter der nächsten Biegung verschwunden, Spasti leider auch. *Mensch, der ist wirklich nicht zu bremsen!*

Ich richte mich spuckend auf, klopfe den Sand von meiner Hose und renne wieder los, quer durch die Dünengräser. Hinter der Biegung erblicke ich Spasti. Er hat den Pfad verlassen und watschelt ungelenk, aber fix über den Strand, den Blick hat er aufs Meer gerichtet. Von hier aus zu rufen, wäre sinnlos. Der Wind würde meine Worte so gierig verschlucken wie Sevi vorhin meinen Schokopudding. Sehr weit wird Spasti nicht mehr kommen, denn gleich endet der Strand. Erst wird der Boden unangenehm steinig, dann kommen glitschige Felsen, die bis ins Meer ragen. Wer sich da rauftraut, muss lebensmüde oder total plemplem sein – zumindest das Erste kann ich bei Spasti ausschließen. Bislang war noch niemand, den ich kenne, mutig genug für das Felsplateau. Umkehren und aufgeben, oder klettern und sterben? Wofür wird Spasti sich entscheiden? Noch hält er unbeirrt Kurs. Eigentlich müsste ich ordentlich Gas geben, doch ich spüre ein heftiges Ziehen in meiner Lunge. Später wird es noch großen Ärger mit meinem übellaunigen Organ geben, das

steht fest. Kurzer Zwischenstopp, ich brauche einen kräftigen Hub aus der kleinen Spraydose, dann schnell weiter.

Die Dunkelheit legt sich wie ein Laken über den Strand, noch ist alles vage erkennbar, aber die Zeit wird knapp. Bald müsste Spasti die Felsen erreicht haben. Vielleicht werde ich ihn festhalten oder sogar durchschütteln müssen, damit er zur Besinnung kommt. Aber ich lasse auf keinen Fall zu, dass er auf die glitschigen Steine klettert.

Mit einem großen Satz springe ich über die letzten Gräser, doch plötzlich prallt mir etwas Hartes gegen meinen Bauch. Sofort wird mir schwarz vor Augen. Um nicht umzukippen, greife ich nach vorne und bekomme eine Metallschnur zu fassen. *Früher muss hier eine Schafherde eingezäunt gewesen sein*, schießt es mir durch den Kopf. Heftige Übelkeit zwingt mich in die Knie, Luft kriege ich auch keine mehr. Ausgeknockt lasse ich mich hinabsinken. Ist der Kampf schon verloren? Der Gedanke, für eine Weile die Augen zu schließen, ist sehr verlockend. Einfach verschnaufen, und wenn meine Lunge ihr Okay gibt, laufe ich zurück ins Hoz, um Hilfe zu holen. Ich bin halt nicht der Typ für wilde Verfolgungsjagden. Aber Spasti ist auch kein Actionheld, und außer mir ist niemand hier, der ihn jetzt noch aufhalten kann.

Also raffe ich mich auf, klettere mit letzter Kraft über den Zaun und laufe schwankend ein paar Meter, bis ich den Strand überblicken kann. Doch Spasti ist weg. Ich stehe ganz allein vor dem grauen Meer, das jetzt träge wie flüssiges Blei ist. Auch der Haifisch ist verschwunden, nichts ragt mehr heraus oder schwimmt darin herum. Nur ein paar Wasservögel dümpeln im letzten Rest der untergehenden Sonne.

»Bernd, wo steckst du?«, rufe ich.

Mit schweren Schritten laufe ich so weit hinunter, wie die Flut es zulässt. Dann steige ich auf einen der niedrigen Felsen und strecke mich. Nichts zu sehen. In meiner Brust herrscht Alarmstufe vier mit Neigung zu fünf.

Graues Meer, schwarzer Strand

Der Himmel ist nun dunkelblau, das Meer glitzert im Mondlicht wie ein schimmernder Teppich. Der Strand ist jedoch vollkommen schwarz, genauso wie die schmalen Wege und die Dünen. Irgendwo dahinter muss *Haus Horizont* als dunkler Schatten auf dem Hügel liegen. Ich laufe den Strand in entgegengesetzter Richtung ab für den Fall, dass Spasti einen Haken geschlagen hat, während ich am Zaun zusammengesackt bin.

»Bernd!«, rufe ich. In meiner Brust rasselt es. »Sag doch was!«

Ich fasse einen Entschluss. Ich werde höchstens noch bis zu den südlichen Steilklippen gehen. Die sind mindestens dreißig Meter hoch, davor liegt ein Streifen Strand, der nur bei Sturmflut unter Wasser steht. Wenn ich Bernd bis dahin immer noch nicht gefunden habe, gehe ich zurück zum Hoz und hole Hilfe.

Nie zuvor war ich so spät alleine unterwegs, etwas mulmig ist mir schon zumute. Ehrlich gesagt habe ich richtig Schiss. Beim Anblick der schwarzen Steinwände schließt sich eine kalte Hand um meinen Magen. Ob ich im Dunkeln überhaupt noch den Heimweg finde? Bloß nicht durchdrehen! Sobald ich wieder in meinem Zimmer bin, werde ich zwei Einträge in mein No-Go-Heft machen:

1. Strandwanderung im Dunkeln.

2. Ohne Schlüssel oder Handy hysterischen Bekloppten hinterherrennen.

Alle paar Meter stampfe ich wütend auf, damit die Angst etwas kleiner wird. Dann bleibt mein Herz stehen wie eine kaputte Uhr. Vor mir liegt jemand auf dem Boden. Liegt einfach so da, unterhalb der Steilwand. Noch streikt meine Pumpe, dann startet sie einen wilden Trommelwirbel. Fünf Schritte mehr, dann wäre ich hineingestolpert!

Vielleicht ist es nur ein Sack, ein Fischernetz oder irgendwelches Strandgut, versuche ich, Ruhe zu bewahren.

Zwecklos. Meine Angst verwandelt sich in einen dicken, kalten Klumpen. Warum nehme ich nicht einfach die Beine unter die Arme und verschwinde? Ganz einfach: weil es Spasti sein könnte, der dort liegt. Ist er über seine eigenen krummen Stelzen gefallen und dann ohnmächtig geworden? Ich gehe auf das Bündel zu. Der Mond steht jetzt schräg über mir, als wolle er mir über die Schulter schauen. Das ist nicht Spasti, der war in Jeans und T-Shirt unterwegs. Die Gestalt auf dem Boden trägt einen Anzug, der Kopf liegt seltsam verdreht neben einem dicken Stein. Die grob gepunktete Krawatte ist über der Schulter nach hinten geklappt. Papa macht es manchmal so beim Hummeressen. Doch dieser Mann wird nie wieder Hummer essen, so viel steht fest, denn nur Eulen können ihre Köpfe so weit nach hinten drehen.

Mach dich aus dem Staub!, schreit eine Stimme in mir, doch da höre ich über mir ein Geräusch. Ich schaue die Klippen hinauf und sehe gerade noch einen Schatten von der Kante verschwin-

den. Es sah aus wie der Umriss einer Kapuze. Wer auch immer heruntergeschaut hat, war ganz bestimmt nicht zufällig da. Ich flitze los, renne einfach in die Richtung, in der ich *Haus Horizont* vermute. Eine Minute, zwei Minuten, vielleicht drei, ohne mich umzuschauen. Vor mir sehe ich das Felsplateau, gleich muss der Strandweg hinauf zum Kurheim kommen. Jeden Augenblick rechne ich damit, dass meine Lunge das rote Stoppschild rausholt, aber ich warne sie: *Diesmal darfst du mich nicht im Stich lassen! Sonst besorge ich mir eine andere.* Ich weiß nicht, ob so etwas überhaupt möglich ist, aber sie scheint die Drohung kapiert zu haben und hält still. Da! Die Parkplatzlaterne des Kurheims! Gleich bin ich in Sicherheit. Als ich die Lieferantentür erreiche, bin ich völlig platt. Ich stemme die Hände in die Seiten, bin mir sicher, dass mein Kopf gleich zerplatzen wird wie ein überreifer Kürbis.

»Komm rein, wo hast du bloß gesteckt?«

Die Stimme kommt von der Tür, die einen Spalt weit offen steht. Spasti schiebt seinen Zinken hindurch und winkt mich hinein.

Es dauert ein Weile, bis ich wieder genug Luft zum Sprechen habe.

»Du Vollidiot!«, blaffe ich ihn dann an. »Du hast mich alleine da draußen rumirren lassen, und dann bin ich auch noch über einen Toten gestolpert!«

»Wie bitte? Du hast eine Leiche gesehen?«

Bären und Zombies

Wie die Flamme eines Leuchtturms kreist das Blaulicht des parkenden Polizeiwagens über die Dünen vor dem Hoz. Es gibt nur diese eine Streife auf Hummerstrand und auch nur einen Polizisten, der damit über die Insel fährt: Herr Nissen. Es soll wohl jeder mitkriegen, dass er an einer großen Sache dran ist.

Jetzt sitzt Nissen mir breitbeinig gegenüber und schaut an mir vorbei durch die Panoramascheibe des Speisesaals. Dann blickt er tief in meine Augen. »Bevor ich mit dir da rausstapfe, frage ich dich ein letztes Mal. Bist du ganz sicher, dass bei den Klippen eine Leiche liegt?«

Seine Stimme klingt spitz und dünn, als sei seine Nase komplett verstopft. Außerdem stinkt er nach Zigaretten, Menthol-Zigaretten.

»Ja, ja, ja, zum Tintenfisch! Wie oft soll ich das noch wiederholen?«

Es ist nach zwei Uhr morgens. Ich kann mich kaum noch gerade auf dem Stuhl halten. Mein Lungenspray ist fast leer, so oft habe ich es benutzt, seit BB wieder und wieder Nissens Nummer gewählt hatte. Doch der war einfach nicht ans Telefon gegangen. Dann ist BB persönlich bei ihm vorbeigefahren, um ihn wach zu klingeln.

Wencke hat eine Kanne Kaffee und Becher auf einen der langen Tische gestellt. Sie und BB stehen schlürfend hinter Nissen und schauen mich müde an. Wencke trägt einen lila Schlafanzug und über den Schultern einen hellgrünen Poncho. Ich finde, beides steht ihr ausgezeichnet. Es ärgert mich nur, dass BB ihr so nah auf die Pelle rückt. *Er ist doch viel zu alt für sie!*

Spasti, der in Windeseile den Heimleiter informiert hatte, haben sie unter großem Gemecker in sein Zimmer geschickt. Alle sind derart auf mich fixiert, dass ihnen entgeht, wie Flo in ihrem Rolli an der Tür zum Speisesaal der Vernehmung lauscht. Dann wird morgen das ganze Haus Bescheid wissen. Ihre Stacheln hängen runter wie welke Palmenblätter. Sie holt eine weiße Serviette hervor und hält einen Daumen hoch. Ich glaube ein H zu erkennen, dass sie auf das Tuch gemalt hat. Vermutlich haben die Hozis die Aufregung um die erneute Sichtung des Hais mitbekommen und denken nun, Spasti und ich hätten uns superheldenhaft an die Flossen des Hais gehängt. *Von wegen!*

Nissen erhebt sich stöhnend und schiebt genervt die Polizeimütze auf seinem Kopf zurecht. »Komm, Jeremia. Nützt ja nichts. Ich hole die Taschenlampe aus dem Wagen. Meine Inselnase riecht Gewitter, auch das noch.«

Kurz darauf stolpere ich mit Nissen und BB durch den Sand. Mit einer Kippe zwischen den Lippen schwenkt der Polizist seine Profil-Lampe, während ich versuche, den richtigen Weg zu finden. Auch wenn mir schon einige Male die Augen zugefallen sind, führe ich die Männer zu den Steilfelsen, die bald rechts von uns emporragen. Unsicher schaue ich hinauf, genau in diesem Moment zuckt der erste Blitz durch die Wolken.

»Da war einer, der hat runtergesehen«, sage ich.

»Aber war es nicht viel zu dunkel, um dort oben jemanden zu erkennen?«, will Bender wissen.

»Nicht erkannt, nur gesehen.« In meinen Augen tanzen Sternchen, ob vom Blitz oder vor Müdigkeit kann ich nicht mehr unterscheiden. »Gleich kommt die Stelle.«

Mir graut es davor, dem Toten noch einmal zu begegnen. Doch Nissen hat nicht vor, ohne mich weiterzugehen. Qualmend schiebt er mich vor sich her. Keine Spur von Rücksicht auf meine Lunge, aber auch keine Spur von der Leiche. Die ersten Tropfen fallen vom Himmel. Wir laufen, bis die Landschaft sich wieder in eine Ebene verwandelt. Ohne Erfolg. *Wie kann das sein? Ein Toter kann sich doch nicht verstecken!* Also kehren wir wieder um und gehen diesmal dichter an der Wand entlang. Endlich entdecke ich den Stein, neben dem der Kopf gelegen hat. Unfassbar: Keine Krawatte, keine Leiche.

»Hier war es!« Ich bin mir absolut sichert. »Hier hat der Mann gelegen. Die Krawatte hing über seiner Schulter.«

»Krawatte, über der Schulter, aha. Ist wohl 'ne neue Mode vom Festland.«

Nissen versucht lustig zu sein.

Doch Bender verzieht keine Miene. »Wir müssen Jeremias Aussage auf jeden Fall ernst nehmen. Der Junge hat zwar eine schwache Lunge, aber einen äußerst wachen Verstand«, hält er weiterhin zu mir.

Danke BB, aber »wach« ist momentan monstermäßig übertrieben.

»Klar.« Nissen nimmt einen tiefen Zug. »Sicher hat der Junge irgendwas gesehen. Aber bestimmt keine Leiche. Seit dem letzten Krieg hat es auf Hummerstrand keine unnatürlichen Todesfälle mehr gegeben. Warum sollte sich das heute Nacht geändert haben? Hier gibt es Strandgut, Robben, Kajaks, Netze und so weiter. Ich schlage vor, wir gehen jetzt alle schlafen. Und morgen schaue ich mir den Tatort, äh, ich meine natürlich diese Stelle im Sand, bei Tageslicht noch einmal an. Einverstanden, Jeremia? Herr Bender?«

Der Wind weht nun stärker. Aus den Tropfen ist ein Schauer geworden.

BB zieht meine Kapuze enger zusammen, wie bei einem Erstklässler mit Schultüte. »Was meinst du, Jeremia?«

»Zum Tintenfisch! Er war hier, ganz bestimmt!«, protestiere ich und schiebe Benders Hände weg. »Jemand hat den Toten mitgenommen. Es muss doch Spuren im Sand geben. Machen Sie sich an die Arbeit, Herr Nissen, Sie sind doch ein Bulle!«, rutscht es mir raus.

»Mensch, Junge, bei dem Wind und dem Regen sind selbst unsere eigenen Fußabdrücke im Nu verschwunden!«, nölt der Polizist, ohne auf den *Bullen* weiter einzugehen.

Er leuchtet nach unten, und ich muss zugeben, dass er recht hat, es ist kaum noch was zu sehen. Nur dort, wo wir gerade herumtrampeln.

Während wir mit eingezogenen Köpfen zurücklaufen, sagt keiner ein Wort. Doch für mich ist ihr Schweigen wie eine dröhnende Anklage: Jeremia, du hast uns einen riesigen Bären aufgebunden und wegen dir werden wir morgen wie schlaffe Zombies durch den Tag eiern. Vielen Dank auch!

Nur Bender gibt sich noch ein bisschen Mühe, freundlich zu sein, als er mich zu meinem Zimmer begleitet. »Na, das war wohl alles ein bisschen viel für dich. Morgen schläfst du einfach mal aus. Gute Nacht!«

Völlig k.o. lasse ich mich aufs Bett fallen. Der Regen prasselt gegen das Fenster.

»Hey, Jem, alles oki?«, meldet sich Sevi aus der Dunkelheit. »Wo warst du? Ich habe zwei Typen auf den Klippen gesehen, mit meinem Fernrohr, weißt du? Was machen die Leute mitten in der Nacht da oben? Das ist doch saugefährlich! Dann war plötzlich einer der beiden verschwunden. Hoffentlich ist nichts passiert.«

Schlagartig bin ich wieder hellwach. »Du hast waaas?«

»Weiß auch nicht, wo der abgeblieben ist.«

Genau vor meinen Füßen ist der »abgeblieben«!, denke ich, springe förmlich vom Bett und laufe zur Tür. Spasti muss sofort erfahren, was Sevi beobachtet hat. Wenn mir jetzt noch einer glaubt, dann er. Und durch unsere Entdeckungen in der Kammer 34 sind wir irgendwie zu Verbündeten geworden, obwohl er mir noch nicht verraten hat, was er dort »Gruseliges« gefunden hat.

»Sevi, hast du zufällig mein Handy eingesteckt?«

»Liegt auf deinem Nachtschrank, wohin willst du, Jem?«

»Sei nicht so neugierig, schlaf jetzt«, wimmele ich ihn ab und schlüpfe auf den Flur. Doch ich komme nicht weit, vorm Dienstzimmer unterhalten sich leise zwei vom Personal. Ich sehe nur den Rücken von Nachtschwester Daniela, ihr geflochtener Pferdeschwanz reicht ihr bis zum Po. Die andere Person steht genau vor ihr. Dann tritt Daniela zur Seite, und ein Paar kleiner Augen starrt mich direkt an. Es ist Hähnchen. Bevor sie mich anschnauzen oder sogar foltern kann, ziehe ich mich zurück.

Tief unter der Decke wird mir klar, wie übel meine Lage wirklich ist. Spätestens morgen werden alle die Geschichte von der angeblichen Leiche kennen. Ich werde dastehen wie ein Aufschneider und Lügner. Auch Sevis Beobachtung wird daran nichts ändern, weil alle denken werden, er hätte mir zuliebe die Leute auf der Klippe nur erfunden. Und was wird Wencke von all dem halten, wenn sie es erfährt?

Das ist zu viel für mich. Mir wird nichts anderes übrig bleiben, als morgen früh als Erstes meine Eltern anzurufen. Sie sollen mich so schnell wie möglich abholen. Ist mir doch egal, ob sie deshalb ihre Ferien abbrechen müssen. Und wenn sie das nicht einsehen, werde ich sie mal richtig anschreien. Warum fahren sie denn auch jedes Jahr ohne mich in den Urlaub? Nur weil ich »Lunge« habe? Jeder hat doch irgendwas, das nicht richtig super funktioniert! Bei meiner Mutter ist es der Kopf. Ständig hat sie Schmerzen darin. Die Knorpel in den Knien meines Vaters sind vom vielen Joggen so platt wie runtergelaufene Schuhsohlen, behauptet sein Arzt. Und Opa hat Bronchitis und voll den Bluthochdruck, von den zwei Schachteln französischer Zigaretten, die er früher täglich gequalmt hat. Meine Lunge würde mir was husten, wenn ich ihr einen Glimmstängel auch nur anbieten würde.

Kaum denke ich an sie, beginnt sie leise zu pfeifen. Ich krieche unter der Decke hervor, schnappe nach Luft und schlage drei Mal mit der Faust auf mein Kissen, um die Wut loszuwerden. Als der morsche Bezug reißt, fällt der erste Sonnenstrahl durchs Fenster. Das Gewitter ist vorbei, die Nacht auch und ich habe noch nicht geschlafen. Das Kissen ist kaputt, Sevi schnarcht – alles geht schief!

Fatelko Nr. 1

»Ich glaube dir«, flüstert mir Flo im Vorbeifahren zu.

Auch wenn dies mit Abstand der mieseste Morgen ist, den ich bisher in *Haus Horizont* erlebt habe, tut mir ihre Kameradschaft gut. Denn alle anderen sind offensichtlich der Meinung, ich hätte mich mit der Geschichte wichtigmachen wollen, und ignorieren mich. Selbst Spasti kehrt mir den Rücken zu.

Ich studiere die Tafel mit dem Tagesprogramm. Nach dem Mittagessen steht ein Spaziergang an. Teilnahme freiwillig. Ohne mich. Die blöden Kommentare, während wir am Strand herumwandern, werde ich mir nicht freiwillig anhören.

Sevi, der neben mir sitzt, flüstert: »Lass es mich doch allen erzählen, dann staunen sie Betonpfeiler!«

»Nee, bloß nicht«, antworte ich. »Dann halten sie dich auch für einen Spinner.«

»Aber mein Fernrohr hat einen …«

»Nein! Zum Tintenfisch, nein!«, brülle ich ihn an.

»Oki«, haucht Sevi, dann verstummt er, und ich habe einen weiteren Komplizen verloren.

Wie geplant hatte ich gleich nach dem Aufwachen meine Mutter auf ihrem Handy angerufen. Von ihr hatte ich mir mehr Verständnis erhofft als von Papa. Doch aus dem Zweiergespräch war im Handumdrehen eine der berüchtigten *Fatelkos* geworden: Eine Familientelefonkonferenz bei eingeschaltetem Lautsprecher.

»Hallo, Jem«, hatte sich Papa sofort eingemischt, »du kannst vor deinen Problemen nicht einfach davonlaufen. Als Erwachsener geht das auch nicht.«

Aus dem Hintergrund hatte Mama gezischelt: »Aber er ist noch nicht erwachsen, Benno, also behandle ihn auch nicht wie ei…«

»Damit kann man gar nicht früh genug anfangen«, hatte er sie unterbrochen.

»Darüber diskutieren wir später. Nicht vor dem Jungen, Benno.«

»Ich-bin-im-Urlaub-und-werde-überhaupt-nicht-diskutieren!«, konterte mein Vater.

»Schrei mich nicht an, schließlich ist das auch mein Urlaub!«

Ich hatte das Handy inzwischen auf meinem Nachtisch abgelegt und untersuchte den Riss im Kopfkissenbezug. Bislang hatte ich meinen Eltern lediglich erklären können, dass es nicht gut für mich lief und ich Hummerstrand so schnell wie möglich verlassen wollte. Als ihr Streit kein Ende nehmen wollte, griff ich nach dem Handy und rief dazwischen: »Ich habe einen Toten gesehen, der kurz darauf verschwunden ist, und außerdem schwimmt hier ein Hai herum. Die Rückenflosse ist bestimmt einen halben Meter hoch, der muss riesig sein. Die anderen behaupten, es sei ein Weißer Hai. Außerdem hat Hähnchen es auf

mich abgesehen und mich in ihrem Folterkeller ausgequetscht. Verdammt, holt mich sofort ab! Bitte!«

Am anderen Ende war es eine Weile so still, als sei die Leitung zusammengebrochen.

Dann meldete sich Papa: »Jem, bist du noch da?«

»Jaaaa!«, antwortete ich sauer. »Wo soll ich denn hin? Ich bin hier auf einer Insel, da kann man nicht einfach so abhauen!« Ich musste husten.

»Bitte beruhige dich erst mal«, meinte meine Mutter schwach. Und noch leiser: »So eine Katastrophe, ich bekomme Migräne! Und das morgens um sieben.«

Mein Vater versprach mir, sich umgehend mit der Heimleitung zu besprechen, um sich anschließend wieder bei mir zu melden.

Das war vor zwei Stunden.

Nach und nach verziehen sich alle in ihre Zimmer, und kurz darauf bin ich alleine im Speisesaal. Ich habe keinen großen Appetit, knabbere in Zeitlupe an meinem Brötchen herum. Aber ich kann mir auch Zeit lassen, denn es ist Sonntag, und da finden keine Therapien statt. Niemand wird gestreckt, gebadet, massiert oder lernt gehen, greifen oder schwimmen. Wir *Lungen* müssen nirgendwo reinblasen, und die Spastis dürfen einfach mal Spastis sein. Nicht einmal das Geschirr müssen wir abräumen, und nach einer Weile kommt Jäcki mit den Händen in den Kitteltaschen hereingeschlendert.

»Gut, Sie zu treffen, Sherlock Jem!«, sagt sie, als sie an meinen

Tisch tritt. Sie stützt sich auf, schiebt mir ihre großen Dinger entgegen und richtet ihre Scheinwerferaugen auf mich. »Heute früh lag noch eine riesige Salami im Kühlschrank. Doch nun ist sie weg! Jemand muss sie fortgeschafft haben! Bitte, bitte, übernehmen Sie den Fall!« Sie lacht sich lauthals schlapp über ihren blöden Witz, dann räumt sie weiter das Geschirr ab. Man kann ihr einfach nicht entkommen. Manchmal putzt sie sogar die Zimmer. Kommt einfach rein, jagt uns auf die Flure und steckt ihre neugierige Nase in unsere Sachen.

Bevor sie mit dem vollen Geschirrwagen verschwindet, dreht sie sich noch einmal um zu mir: »Ach, Kleiner, warum kommst du nicht mal wieder runter in den Keller? Vielleicht hat sich die Leiche bei uns in der Küche versteckt.«

Dann verschwindet sie endlich.

Sosehr ich auch dagegen ankämpfe, schießen mir plötzlich Tränen in die Augen. Ich stehe auf und laufe in den Flur. Wo kann ich jetzt noch hin, ohne dass sich der nächste Hirni auf meine Kosten lustig macht? Der Fernsehraum, das ist es. Zu dieser Tageszeit ist garantiert niemand dort. Ich tue so, als sei mir etwas ins Auge geraten und schaffe es sicher dorthin. Endlich kann ich unbeobachtet den Kopf aufstützen, den Rotz aus meiner Nase laufen lassen und schluchzen. Aufschneider, Lügner und jetzt auch noch Heulsuse! Diese Genugtuung will ich keinem geben. Plötzlich regt sich was hinter dem großen Ficus-Baum, der neben mir steht.

»Hab ich mir gedacht, dass du hierher gehst, Jem. Ich weiß ja, wie gerne du alleine bist und fernsiehst.«

Es ist Flo. Ich habe sie und ihren Rolli in der Ecke nicht gesehen. Sie kommt herangefahren und reicht mir die Serviette mit dem H. Als mein Gesicht wieder trocken ist, geht die Tür auf und Spasti schleicht herein.

»Na, da ist unser Einsatzteam ja komplett versammelt«, freut er sich. »Ich dachte mir, wenn's richtig rundgeht, können wir unmöglich auf Flo verzichten. Und ihr K3-Hurricane ist schließlich der Porsche unter den Rollis.«

Dann zeigt er mir stolz sein Handy. »Hab ich mir aus der Rumpelkammer zurückgeholt. Lag noch da, wo ich es abgelegt hatte. Machst du mit bei unserer *Operation Weißer Hai*, Jem?«

Er zieht eine Serviette hervor, winkt und zwinkert mir dabei verschwörerisch zu.

Operation Weißer Hai

Vier Stunden später stecken wir schon mitten in unserer geheimen Operation. Wir hatten uns zunächst den Spaziergängern angeschlossen, haben uns aber inzwischen weit genug zurückfallen lassen, um uns unbemerkt aus dem Staub machen zu können. Normalerweise bildet Flo bei jedem Ausflug die Vorhut, doch heute hat sie sich gemeinsam mit mir und Spasti von der Hauptgruppe getrennt. Die anderen rollen, humpeln oder hecheln gerade über eine Straßenkuppe, da biegen wir heimlich auf einen der Strandwege ab. Wir haben gewartet, bis das glitschige Felsplateau ganz sicher hinter uns liegt. Jetzt, da Flo endlich richtig Gas geben kann, rast sie förmlich davon. Ihren K3-Hurricane hat sie gegen einen supermodernen Strandrolli mit Breitreifen eingetauscht, den Spasti bewundernd mit einem SUV verglichen hat. Ich kann gerade so Schritt halten, doch Spasti fällt schon nach kurzer Zeit zurück.

»Hey, wartet auf mich!«, ruft er, woraufhin Flo so hart bremst, dass der Sand nach vorne spritzt. Dann wendet sie und lädt ihn als Co-Piloten auf ihren Rolli. Da Spasti mehr Hemd als Hose ist, wie Chris es einmal ausgedrückt hat, scheint ihr das zusätzliche Gewicht keine großen Probleme zu bereiten. Die Rollen sinken zwar etwas tiefer ein, aber dort, wo es für Flo zu anstren-

gend wird, hilft er ihr mit der einen Hand, die funktioniert, und ich schiebe von hinten. So jagen wir über die Sandpiste, ohne dass ich ins Husten gerate.

»Da vorne ist der Hai verschwunden!«, sagt Spasti und zeigt mit seiner krummen Hand auf die glitschigen Steine.

Wir schauen auf das Felsplateau, das bei unserem letzten Ausflug eine unüberwindbare Hürde dargestellt hatte. Nun liegt es rechts von uns, und wir können uns ungehindert auf die Suche machen. Ein langer Strandabschnitt breitet sich vor uns aus, dahinter liegt das Wasserwerk, und dann geht der Weg steil hinauf zu den nördlichen Klippen. Aber gemeinsam, da bin ich mir sicher, werden wir es schaffen. Und sind wir erst mal oben angekommen, haben wir freie Sicht bis zum Hafen von Hummerstrand, der westlich liegt. Das Meer ist unruhig, weiße Gischt peitscht meterhoch empor, dort wo das Wasser auf die Wellenbrecher kracht. Doch die Sonne scheint so warm, dass wir die Nässe, die in unsere Klamotten dringt, kaum spüren. Nur Flos blonde Haarstacheln knicken, einer nach dem anderen, unter der Feuchtigkeit ein, was so lustig aussieht, dass ich laut lachen muss. Den schrecklichen Morgen habe ich fast vergessen, denn Flo und Spasti haben sich als echte Kumpel erwiesen und mich in ihren Plan eingeweiht, den Hai zu suchen. Mein Handy hat einige Male geklingelt, aber ich habe meine Eltern einfach weggedrückt. *Wie gut das tat!*

Wir machen eine Pause im Windschatten des Wasserwerks und stärken uns mit den Schokoriegeln, die Spasti massenhaft in seinem Rucksack dabeihat.

»Ich habe gelesen, dass wir nur Ausschau nach Robben halten müssen. Haie fressen die total gerne«, meint Flo, während sie ihr drittes Bounty verdrückt.

»Ich bezweifle, dass unser Hai auf Robben steht«, meint Spasti. Mit seinem Fernglas sucht er das Meer ab.

Ich taste nach meinem Spray, auch wenn ich es heute noch nicht gebraucht habe. Sicher ist sicher. »Ist doch egal, was der frisst. Der ist so riesig, wenn er wirklich noch an der Küste unterwegs ist, dann finden wir den. Garantiert!«

Eine Gruppe Touristen spaziert am Strand entlang. Sie gaffen uns an, und einer zeigt sogar auf uns.

»Idiot!«, ruft Flo und macht den Finger.

»Megasuperriesenturbovollidiot!«, legt Spasti noch vier Schippen drauf und will auch den Finger zeigen. Aber mit seiner krummen Hand klappt es nicht so richtig.

»Locker bleiben«, beruhige ich die zwei. »Wenn wir den Hai finden, sind wir die Helden von Hummerstrand und kommen ins Fernsehen, auf Youtube und sonst wohin. Überlegt euch schon mal passende Outfits für die vielen Kameras.«

Flo zieht einen ihrer schlaffen Stachel hoch. »Also, ich werde die Spikes feuerrot färben, mit Glitterspray.«

»Die was?«, fragt Bernd.

»Die Stacheln auf meinem Kopf, und was ziehst du an?«

»Meine Cordhose und das karierte Hemd und die braune Weste.«

»Beim heiligen Tintenfisch«, stöhne ich auf. »So werdet ihr garantiert keine Superstars. Los, weiter geht's!«

Etwa fünfzig Meter unter uns donnert die Brandung so laut gegen die Steilwand, dass man kaum sein eigenes Wort verstehen kann. Und hier oben auf der Nordspitze, hinter dem Metallzaun, flattern unsere Kapuzen im Sturm. Beim Aufstieg zum höchsten Punkt der Insel sind wir ordentlich aus der Puste geraten und haben die nächste Ladung Schokoriegel verdrücken müssen, um nicht auf halbem Weg schlappzumachen.

Eine Informationstafel zeigt Bilder einer Seeschlacht, die vor der Küste von Hummerstrand vor langer Zeit stattgefunden hat. Ich frage mich, ob einer von uns fähig wäre, zur Insel zu schwimmen, wenn unser Boot von Kanonenkugeln durchsiebt im Meer versinken würde. Nein, ausgeschlossen. Auch nicht bei totaler Flaute und ruhigem Seegang. Ein Blick in die Gesichter von Flo und Spasti verrät mir, dass ihnen Ähnliches durch den Kopf geht. *Dann vollbringen wir eben andere Heldentaten!*, denke ich trotzig.

Wir müssen weiter. Spasti steigt wieder zu Flo auf den Rolli, und ich bremse von hinten, so steil geht es nun bergab. Mit dem Fernglas über der Nase erkundet Spasti die Küstenlinie.

Den anderen Hozis ist sicher längst aufgefallen, dass wir uns abgesetzt haben, und es würde mich nicht wundern, wenn Chris mit dem Bus nun die Insel nach uns absucht. Unsere Handys haben wir vorsorglich ausgeschaltet, denn Spasti behauptet, sie könnten uns damit orten und punktgenau aufspüren.

»Was ist das?«, fragt er plötzlich.

Ich lasse die Rolligriffe los und schaue dorthin, wo er hinschaut. Einen geschätzten halben Kilometer vor dem Hafen liegt ein Schuppen, dessen Gelände von einem hohen Zaun umgeben ist.

»Interessant, vielleicht finden wir dort einen Hinweis!«, meint Flo.

Dabei vergisst sie, auf ihren Rolli zu achten. Und schon rasen die beiden den Abhang hinunter, ohne dass Flo die Räder wieder unter Kontrolle bringen kann. Ich flitze hinterher, aber es ist zwecklos. Ausgerechnet jetzt pfeift meine Lunge laut auf, und ich muss erst mal die Hände auf die Beine stützen, um wieder zu Atem zu kommen.

»Festhalten!«, schreit Flo etwa zehn Meter weiter unten, dann lehnt sie sich über die linke Armstütze und zieht Spasti mit sich. Sofort kriegt der Rolli ordentlich Schlagseite. Eine Sekunde später krachen die beiden auch schon in eine Sandwehe. Spasti hebt raketengleich ab und landet schreiend im Dünengras. Der Rolli kippt auf die Seite, doch Flo reißt einen Daumen in die Höhe. »Alles okay! Wie geht es Bernd?«

Spasti spuckt einen Mundvoll Sand aus. Zum Glück hat er das Fernglas festgehalten, sonst wäre es gegen sein Kinn gedonnert. Er putzt mit dem Ärmel kurz über die kleinen Gläser.

»Der ist mir … hmpf … noch nie … *klack* … zuvor aufgefallen«, nuschelt, schnieft und schnalzt er. »Los, den schauen wir uns mal aus der Nähe an.«

Diesen Satz hatte er auch gesagt, bevor wir gestern Nacht den Hai verfolgt haben. Kurz darauf habe ich einen Toten gefunden, erinnere ich mich mit Schaudern. *Was wohl dieses Mal auf uns zukommt?*

Der hohe Wellblechzaun umgibt ein Gelände, etwa so groß wie ein halbes Fußballfeld. Über dem Eisentor an der Vorderseite hängt ein vermodertes Schild, auf dem nur noch die Buchstaben »...er-Werft« zu lesen sind. Der Postkasten ist nach vorne aufgebogen. Vergilbte Prospekte schauen heraus, aber es steht kein Name darauf.

»Was sollen wir hier?«, frage ich mürrisch. »Was hat diese Ruine, bitte schön, mit dem Hai zu tun?«

»Deshalb haben wir uns fast die Hälse gebrochen?«, protestiert nun auch Flo.

Die Fährte scheint sich als eiskalt zu erweisen.

»Für ungeübte Augen ist es ein verlassenes Werftgelände, das gebe ich zu. Aber seht ihr nicht die frischen Reifenspuren?«, weist Spasti uns auf die lehmige Zufahrt hin.

Flo verdreht die Augen. »Reifenspuren, ist ja irre. Und die hast du von der Nordklippe aus entdeckt?«

»Nein. Das war reiner Instinkt. Manchmal spüre ich so ein Kribbeln, wenn ich kurz vor einer besonderen Erfindung stehe oder einer ungewöhnlichen Entdeck...« Doch Spasti stoppt mitten im Satz. »Weg hier, schnell!«

Ein Auto rast mit hoher Geschwindigkeit heran. Wir verdrücken uns in eine Nische zwischen der Blechwand an der rechten Seite und dem hohen Gestrüpp und halten die Luft an, denn der Wagen ist wenige Sekunden nach uns vor dem Tor zum Stehen gekommen. Ein Mann mit struppigen Haaren und einem dichten Vollbart öffnet das Tor. Er fährt seinen alten, flaschengrünen Mercedes hinein, und gleich darauf schließt er von innen wieder ab.

Spasti macht sich auf die Suche nach Löchern in der Wand, durch die er auf das Gelände schauen kann.

»Ich will auch wissen, was da los ist!«, fordert Flo.

Also helfe ich ihr über die Wurzeln und losen Steine, die überall im Weg liegen. Doch es gibt nichts zu sehen. Am Ufer ragt sogar eine große Sperrholzplatte als Sichtschutz einen Meter über das Wasser und ist zusätzlich mit Stacheldraht gegen unbefugtes Betreten gesichert.

»Zu schade«, meint Spasti, der sich gegen die Blechwand lehnt, um etwas auszuruhen. Ich stelle mich neben ihn, der Ausflug hat wirklich Kraft gekostet. Plötzlich beginnt die Wand zu vibrieren. Drinnen quietscht es laut, ein Motor läuft.

Flo hält eine Hand an das Blech. »Spürt ihr das?«

Dann gibt es einen lauten Knall. Mein Herzschlag stoppt mal wieder, Flo hält sich die Ohren zu und Spasti verliert alle Gesichtsfarbe. Das Vibrieren und Beben hat aufgehört, drinnen ist es wieder still.

Dafür hören wir eine wütende Stimme: »Flo! Jem, Bernd! Was zum Donnerwetter treibt ihr hier?«

Vorne am Weg steht Chris. Zum ersten Mal sieht er richtig sauer aus. Sein Gesicht ist feuerrot, seine Hände zittern.

»Ich suche euch schon seit Stunden«, ruft er. »Meine Güte, ich dachte, ihr wärt von den Klippen gestürzt!«

Retter

»Mit dem Interstellar Geographic DC 70/400 kann ich die Krater auf dem Mond und sogar die Ringe des Saturn sehen«, schwärmt Sevi. »Manchmal auch die Wolken auf Jupiter! Das ist der totale Wahnsinn!«

»Wär ja auch blöd, wenn du damit nur das Kennzeichen von Hähnchens Mofa entziffern könntest. Schließlich nimmt dein Teleskop den ganzen Platz vorm Fenster ein«, hole ich meinen Zimmergenossen wieder auf den Teppich zurück.

Nachdem Chris uns schweigend mit dem Bus zurück zum Hoz gefahren hatte, war das große Donnerwetter ausgeblieben, da Bender wie üblich am Wochenende ausgeflogen und das Personal dünn besetzt gewesen war. Inzwischen war auch das Abendessen vorbei. Vor einer halben Stunde hatte ich mich dann erschöpft auf unser Zimmer zurückgezogen, doch jetzt, da Sevi reingekommen ist, ist es aus mit der Ruhe.

»Mit der Computersteuerung finde ich alle interessanten Himmelskörper: Dschubba, Rigel, Beteigeuze. Irgendwann entdecke ich ganz bestimmt einen Stern, den noch keiner kennt. Den nenne ich dann Severinus oder Sevius. Was hältst du davon, Jem?«

»Oder Servelatius«, kommentiere ich seinen Vorschlag gelangweilt.

»Außerdem hat mein Teleskop eine USB-Schnittstelle, der absolute Knaller!«, fährt Sevi unbeeindruckt fort.

Ich gähne herzhaft. Diese Information haut mich nicht gerade von der Bettkante.

»Und dann erst die eingebaute Kamera. Sogar mit Restlichtverstärker.«

Das klingt schon spannender, aber erst nach einigen Sekunden wird mir klar, was er da gerade gesagt hat. *Sein Teleskop hat eine Kamera?*

»Hast du etwa auch die Leute auf der Klippe gefilmt?«

»Jo.«

»Zeig her! Mann, Sevi, warum hast du das nicht gleich gesagt?«

»Oki.«

Sevi sucht in einem Karton nach einem passenden Kabel, was eine Weile dauert.

Endlich hat er das Fernrohr mit seinem Laptop verbunden. Die Aufnahme läuft, aber ich erkenne nur ein paar undeutliche Punkte vor einem blauschwarzen Hintergrund. Dann wird das Bild schärfer und der Mond füllt den ganzen Monitor aus. Es erinnert mich an das gesprenkelte Vogelei, dass ich als kleiner Junge einmal aufbewahrt hatte, bis es völlig kaputt war. Alles ist deutlich zu erkennen: die Krater, die Berge und die Schluchten. Nun kann ich Sevis Begeisterung für den Himmel und sein Fernrohr besser verstehen. Noch spannender wäre es jedoch, wenn ein Trupp Aliens in die Kamera winken würde. *Wer,* frage ich mich, *würde jemanden wie Spasti noch komisch finden, wenn acht-*

äugige Glibberwookies mit Geleeohren und Saugrüssel überraschend zu Besuch kämen?

Aber schließlich bin ich nicht hier, um Außerirdische zu finden. »Skip mal vor, Sevi, bis zu der Stelle, wo du runter zu den Klippen schwenkst.«

Wieder ist zuerst alles unscharf. Dann zieht sich eine Art Riss durch das Bild. Das muss die Kante sein, an der die Felsen zum Strand hin abbrechen. Irgendwo unterhalb davon renne ich wohl gerade durch das Dünengras.

»Warte, gleich siehst du sie. Bei drei Minuten zwölf habe ich den Restlichtverstärker aktiviert«, informiert mich Sevi.

Und tatsächlich ähnelt die Szene mit einem Mal einem Fernsehbild, wenn auch nicht in HD, und natürlich ohne Ton. Zwei Personen stehen voreinander. Die eine ist kräftig, beinahe dick, in Hoodie, Sporthose und Joggingschuhen. Das Gesicht liegt verborgen in der Kapuze. Die andere ist größer, schlank und trägt einen Anzug. Eine Krawatte schlackert im Wind. Sie scheinen sich zu streiten, denn Hoodie zeigt drohend auf Anzug, und Anzug hebt abwehrend die Hände. Nun hält Hoodie die Arme beschwörend nach oben, doch Anzug schüttelt den Kopf. Er hat einen breiten Schnurrbart, und die Haare bilden nur noch einen dünnen Kranz. Den Mann habe ich nie zuvor gesehen, jedenfalls nicht lebendig. Ein weißer Hemdkragen umschließt seinen Hals. Der Streit scheint sich zuzuspitzen, denn jetzt berührt der ausgestreckte Finger von Hoodie fast Anzugs Gesicht, und Anzug weicht zurück. Hoodie greift in die Hosentasche und zieht einen Umschlag hervor, doch Anzug lehnt ihn ab. Der Umschlag verschwindet wieder in Hoodies Bauchtasche, und dann stößt Hoodie kräftig gegen Anzugs Schultern.

Sevi starrt mit aufgerissenen Augen auf den Monitor. »Gleich, Jem, gleich verschwindet der eine. Schau genau hin!«

Dann geschieht es tatsächlich. Anzug verliert das Gleichgewicht. Er versucht, sich an Hoodie festzuhalten, Hoodie streckt die Arme aus, doch der Mann fällt nach hinten. Mein Blut gefriert zu *Crushed Ice*, und meine Schultern werden so hart, dass es wehtut. Ich wünschte, ich hätte weggeschaut, oder könnte die Bilder einfach löschen wie von einer Festplatte. Mein einziger Trost ist, dass ich den Schrei von Anzug nicht mit anhören musste. Wahrscheinlich würde mich der Klang bis in meine Träume verfolgen. Dabei fällt mir ein, dass ich in der Nacht am Strand auch keinen Schrei gehört habe. Kann es sein, dass es dem Mann vor Schreck die Sprache verschlagen hat? Oder hat der Wind den Schrei einfach davongetragen?

Hoodie legt sich flach auf den Boden und beugt sich über die Kante. Irgendetwas steht auf seinem Rücken.

»Kriegst du das schärfer, Sevi?«

»Ich zoom mal ran.«

Hoodie kommt schwerfällig auf die Füße und läuft Richtung Dorf.

»Oki, so?«

»Skip noch mal zurück und halt an!«

Sevi hackt klappernd auf seine Tastatur ein, bis der Schriftzug schließlich gut zu erkennen ist: *Retter.*

Dann lässt Sevi die Aufnahme weiterlaufen. Nach wenigen

Metern dreht Hoodie sich noch einmal um und schaut zu der Stelle, an der Anzug verschwunden ist. Auch auf seiner Brust prangt in großen Buchstaben: *Retter.*

Ich begreife sofort, dass damit kein Arzt oder Sanitäter gemeint ist, denn es steht für etwas ganz anderes: Für die Retter des FC St. Pauli, einem Fußballverein aus Hamburg. Vor einigen Jahren konnte der Club nur durch eine Spendenaktion seiner Fans vor der Pleite gerettet werden. Die Spender tragen seitdem diese Shirts und Hoodies. Johann, der Cessna-Pilot, ist ein großer St. Pauli Fan und hat mir die Geschichte bei einem unserer gemeinsamen Flüge erzählt.

»Ist das nicht extracool?«, meint Sevi stolz. »Mit dem Interstellar Geographic kann ich sogar Mordfälle aufklären!«

»Na ja, Mord? Ich weiß nicht.« Meine Kehle ist trocken, fast morsch. »Voll mit Absicht war es ja nicht, oder? Und das Gesicht haben wir auch nicht gesehen.«

»Oki, Jem, aber die haben sich geboxt und richtig gestritten! Ich wüsste zu gerne worüber. Vom nächsten Geburtstagsgeld genehmige ich mir ein Richtmikrofon, damit hörst du 'nen feuchten Furz im Sturm!«

»Dieses Video hier muss unter uns bleiben, Sevi!«

Mein Zimmergenosse schaut mich mit offenem Mund an, ich habe freie Sicht auf das rosa Zäpfchen in seinem Hals.

»Deine Aufzeichnung ist Dynamit! Stell dir nur vor, *Retter* kriegt raus, dass du ihn beobachtet hast. Dann bist du dran. Erst knöpft er sich dich vor, und dann gehen wir alle hoch, weil er davon ausgeht, dass du den Film rumgezeigt hast. Wir müssen das Material geheim halten, zumindest so lange, bis wir wissen, wer sich unter dem Hoodie verbirgt.«

»Oki, Jem, du hast recht. Das ist voll explosiv, eine echte Bombe sozusagen. Von mir erfährt keiner was!«

Das Monster lebt!

»Pfui Teufel, Jem, du hast mir einen gebrauchten Waschlappen auf den Kopf geworfen. Einen von den dunkelblauen, du weißt doch, was das heißt!«, ruft Flo angeekelt.

Klar weiß ich das. Die blauen sind für untenrum, aber was hätte ich in der Eile tun sollen? Als der Fahrer des Wäschetransporters die Türen schloss, hatte ich zwei pinke Spikes von Flos Frisur hervorstehen sehen und blitzschnell das erstbeste Teil darübergeworfen.

»Sorry, Flo«, entschuldige ich mich.

Mit zugehaltenen Nasen hocken wir mitten in einem Berg müffelnder Schmutzwäsche und lassen uns als blinde Passagiere zum Hafen fahren. Diesen genialen Plan hatten wir nach unserer gestrigen Rückkehr zum Hoz in aller Eile ausgetüftelt, um die Werft noch mal genauer unter die Lupe nehmen zu können.

Und so sieht unser Plan aus: Jeden Montagmorgen werden von der Großreinigung auf dem Festland volle Rollwagen mit frischen Laken, Bettdecken und Kissenbezügen ans Hoz geliefert. Anschließend wird der Transporter mit schmutziger Wäsche voll geladen, bevor er zurück zum Hafen fährt und dort auf die Fähre wartet. Vom Hafen aus ist das letzte Stück zur Werft für uns dann nur noch ein Klacks. Wir müssen es bloß schaffen, unbemerkt aus dem Transporter zu kommen. Beim Einsteigen war das Glück schon mal auf unserer Seite: Vor der Abfahrt hat Jäcki nämlich den Fahrer in eines ihrer *Ichsoundsiesoundichsoweißtdu?-Totalkrass!*-Gespräche verwickelt, und Spasti und ich haben die Gelegenheit genutzt, um Flo unbemerkt die Laderampe hinaufzuschieben.

Während das Miefwäschemobil uns über die Insel kutschiert, berichte ich den beiden ausführlich von Sevis Film.

Eine Weile hören sie staunend zu. Doch dann nölt Spasti: »Aber es gibt keine Leiche.«

Was ich ihm echt krummnehme.

»Mal ehrlich, Jem, nicht als Materiali…«

»…sation. Du glaubst mir also nicht, Bernd. Vielen Dank auch!«

»Doch, ich glaube dir, Jem, aber hier zählen nur Fakten und …«

»Du denkst, ich spinne!«

»… und beweisfähige Indizien.«

»Oh, Mann, du nervst!«

»Jetzt suchen wir erst mal weiter nach dem Hai«, versucht Flo, die Lage zu entschärfen. »Wer weiß, worauf wir noch so alles stoßen!«

Inzwischen sind wir stehen geblieben. Wir hören, wie der Fahrer aussteigt und die Tür zuknallt, bestimmt genehmigt er sich vor der Überfahrt noch einen schnellen Kaffee beim Hafenimbiss. Spasti sieht nach, ob draußen bei den Anlegern die Luft rein ist. Zum Glück ist der Laderaum nicht ganz voll gestellt, so schaffen wir Flos Rolli problemlos nach vorne. Viel schwieriger

ist es, sie ohne Rampe auf den Asphalt zu hieven. Spasti knickt kurz ein und bei mir herrscht Capri-Alarmstufe drei, doch es gelingt. So langsam gewöhnen wir uns an die anstrengenden Einsätze.

Soeben hat eine Fähre vom Festland angelegt. Unter den vielen Touristen fallen wir gar nicht auf, denn es sind auch ein paar Rollis mit dabei. Flos pinke Frisur ist *die* Sensation, und sie post minutenlang mit anderen Rolli-Piloten für Selfies.

»Mensch, Flo!«, motze ich nach einer Weile. »Dies ist eine geheime Operation, und du machst hier auf Fiona Steinburger.«

Kurz darauf ziehen wir weiter und lassen den Hafen von Hummerstrand hinter uns. Weil Spasti nicht mehr laufen kann, setzt er sich zu Flo auf den Rolli, und ich schiebe wieder von hinten. Und dieses Mal müssen wir nicht an der Steilküste entlang, sondern nehmen ganz bequem die schmale Straße, die uns direkt zu der verlassenen Werft führt.

Nach zwanzig Minuten haben wir unser Ziel erreicht. Ich lege ein Ohr an das eiserne Tor und lausche – nichts zu hören. Vorsichtig teste ich die Klinke und kann unser Glück kaum fassen. Unverschlossen!

»Hier stimmt was nicht!«, unkt Spasti. Er nimmt das Schloss genauer unter die Lupe. »Aufgebohrt! Da war ein Profi am Werk. Gehen wir trotzdem rein?«

»Na, klar!«, antwortet Flo entschlossen und drückt das Tor auf. Doch in diesem Moment rast wieder ein Auto heran. Eilig verziehen wir uns an unseren Platz am Rande des Geländes und warten ab, was geschieht. Wieder ist es der grüne Mercedes. Der Bärtige steigt aus, beäugt verdutzt das Schloss und sieht sich misstrauisch um.

Als er kurz darauf hineinfährt, schießt Flo förmlich aus unserem Versteck und schiebt ein Rollivorderrad zwischen die Flügel. »Jetzt oder nie! Schnell, bevor er ein neues Schloss anbringt.«

Spasti und ich sehen uns ratlos an.

»Was sollen wir tun, Bernd?«

Ehe er antworten kann, ist Flo auch schon verschwunden.

Ich raufe mir das Basecap. »Oh, nein! Die hat doch echt 'n Rad ab!«

Für einen Moment weiß selbst der Raumschiff- und Weltallspezialist an meiner Seite nicht weiter. Doch nicht für lange. »Los, wir müssen Flo hinterher«, entscheidet er und humpelt los.

»Zum Tintenfisch!«, fluche ich leise und folge Bernd genervt zum Tor, wo ich erst mal durch den Spalt linse. Überall stehen ausrangierte Schiffe und Boote herum, entweder auf Gestellen oder auf rostigen Bootsanhängern. Die Farbe ist bei den meisten abgeblättert. Durch manche Schiffsbäuche kann ich sogar hindurchsehen wie durch ein Gerippe. Der kleine Kutter links von mir ist noch einigermaßen in Schuss und heißt »Vorwärts«. Na gut, wenn das die Devise ist, bleibt mir wohl nichts anderes übrig, als meine Freunde auf diesem Schiffsfriedhof zu suchen.

Der grüne Mercedes parkt nun vor einer großen Halle. Die Tür in dem heruntergelassenen Werkstor ist zu. Von dem bärtigen Mann ist nichts zu sehen. Doch plötzlich entdecke ich Flo und Spasti. Sie drücken ihre Nasen an einem Fenster platt, das

sich an der hinteren rechten Seite der Halle befindet. Im Schutz der Wracks arbeite ich mich Meter für Meter an sie heran. Gerade als ich zu einem kurzen Sprint über freies Gelände ansetzen will, fliegt die Hallentür auf. In allerletzter Sekunde kann ich mich hinter einer abgebauten Kajüte verstecken, die jetzt als Schuppen dient. Der Mann kommt heraus und holt etwas aus dem Kofferraum seines Wagens. Es sieht aus wie eines der Ruder, die hinten an den verrottenden Schiffsrümpfen baumeln. Mit dem Ding läuft er zurück in die Halle. Ich nutze den Augenblick und renne zu den anderen. Allerhöchste Zeit für einen kräftigen Hub aus meinem Lungenspray.

»Ihr bringt uns noch in den Knast!«, schimpfe ich leise.

Durch die verdreckte Scheibe ist nicht viel zu erkennen. Von der Decke hängen Kranketten und Haken herab. In der Mitte liegt so etwas wie ein Boot in einem Wasserbecken, an dessen Rumpf sich der Mann zu schaffen macht.

»Was treibt der da? Lasst uns zur Rückseite laufen und nachsehen«, schlägt Spasti meine Warnung in den Wind.

»Gute Idee«, findet Flo, und schon sind die beiden wieder unterwegs.

Ich riskiere einen letzten Blick durch das staubige Fenster. Mit einem Mal schießt ein breiter Strahl aus Funken gegen die Scheibe. Spiralen und Punkte tanzen vor meinen Augen, und schon prallt die nächste Salve vor das Glas. Halb blind stolpere ich zu den anderen, falle über ein dickes Stahlseil, das wie eine schlafende Python im Gras liegt, und krache mit den Händen voraus zu Boden. Glücklicherweise weich. Mit schlotternden

Knien erreiche ich Flo und Spasti, meine Lunge so platt wie ein überfahrener Fußball. Ich lehne mich neben Flos Rolli, um irgendwie Luft ins schlaffe Leder zu kriegen. Die anderen linsen um die Ecke, als die Hallenwand hinter mir zu vibrieren beginnt. Es ist genau wie bei unserem ersten Besuch draußen am Zaun, nur stärker, und jetzt reibt Eisen auf Eisen, Zahnräder rasten klickend ineinander und Ketten rollen.

»Lasst uns verschwinden!«, schlage ich panisch vor.

»Es ist nur das Tor zum Meer, es fährt hoch«, ruft Spasti.

Etwa zehn Sekunden später verstummt der Lärm.

Flo: »Wahnsinn. Siehst du das, Bernd?«

Spasti: »Das glaubt uns keiner.«

Irgendwo da drinnen springt ein Motor an. Wasser sprudelt, und dann scheppert es, als würde eine Luke zufallen. Auf allen vieren krieche ich neben Flo und Bernd. Etwas sehr Großes gleitet in der Wasserrinne langsam aus der Halle. Im ersten Augenblick erinnert es mich an eine gigantische Zigarre, aber es ist graublau und unten weiß, und seitlich taucht ein tellergroßer, schwarzer Punkt auf. Plötzlich öffnet sich der vordere Teil und entblößt eine Reihe spitzer Zähne in blutrotem Zahnfleisch. Mir stockt mal wieder der Atem, doch Flo kreischt laut auf. Spasti ist kreidebleich, seine Hand presst er verkrampft gegen seine Brust. Mit jedem Zentimeter, den die Öffnung sich weitet, erblicken wir mehr Zähne. Riesige Zähne! Groß wie Tetrapacks, weiß wie Milch. Ich kann kaum hinsehen, kann aber auch nicht wegschauen. Dann schnappt dieses riesige Maul zu, wodurch Wasserfontänen zu beiden Seiten aufspritzen. Ehe wir's uns versehen,

sind wir klitschnass. Das Ungetüm rauscht weiter aus der Halle, jetzt erkenne ich die Rückenflosse. Es ist ein Hai. Es gibt ihn wirklich – er lebt! Er nimmt Fahrt auf, hat fast die Halle verlassen. Der Körper wird schmaler, zum Schluss rauscht die Schwanzflosse wenige Meter vor unseren triefenden Nasen entlang. Ich schiebe die Haare aus meinem Gesicht, um nichts zu verpassen. Spasti drückt währenddessen ungeduldig auf seinem Handy herum und gibt dabei seltsame Geräusche von sich – es klingt wie eine Mischung aus Fluchen und Heulen –, denn es geht ihm nicht schnell genug. Dann scheint das Telefon bereit zum Filmen zu sein. Er hält es auf den davonschwimmenden gigantischen Hai, und gleich darauf ertönt wieder ein dröhnender Knall. Vor Schreck lässt Spasti sein Handy fallen. Flo streckt blitzschnell einen Arm nach dem Telefon aus, doch sie greift ins Leere. Direkt vor Spastis krummen Füßen verschwindet es im Meer. Von der Schwanzflosse des Hais steigt jetzt Rauch auf und er schwimmt nicht mehr weiter. Dann passiert sekundenlang nichts, Wellen klatschen gegen den reglosen Körper und schaukeln ihn hin und her. Eine Möwe segelt herab, lässt sich darauf nieder, um sich diesen seltsamen Meeresbewohner aus der Nähe anzuschauen. Als sich hinter ihr eine Luke öffnet, fliegt sie krächzend davon. Die Rückenflosse klappt nach vorne und ein Rauchwölkchen steigt auf. Gleich darauf erscheint das krause Haar des Mercedesfahrers im Sonnenlicht. Er drückt sich nach oben, holt ein paarmal tief Luft und flucht: »So ein Mist!«

Dann verschwindet er wieder. Im Zeitlupentempo schwimmt der Hai rückwärts in die Werft zurück.

Dietmar

Wir rubbeln uns die Haare mit alten Handtüchern trocken, die in einem rostigen Spint gelegen haben. Küche, Bad und Umkleide der kleinen Werft sind in einem einzigen Raum untergebracht. Eine Pritsche mit Decke und Kissen steht unterm Fenster. Früher war hier bestimmt ein ganzes Team von Arbeitern beschäftigt, doch das muss lange her sein. An der Wand hängt ein Kalender, auf dem eine verblichene halbnackte Frau mit gerecktem Daumen auf einer Metalltonne sitzt. Darüber steht: Susi findet: »Ölfilter von *Hecht Filterwerke* sind die heißesten!«

Darunter steht: Januar 1975.

Abgesehen vom Bettzeug und der neuen Kaffeemaschine ist alles verdreckt und heruntergekommen. Vor uns stehen drei dampfende Tassen auf einem Tisch voller Brandflecken. Darin ist schwarzer Kaffee mit sehr viel Zucker. Ich habe kurz genippt, aber die Plörre ist ungenießbar. Eine der beiden Rollen Jaffa-Cake, die wir bekommen haben, ist schon leer, denn Spasti scheint die glibberigen Plätzchen zu lieben. Oder er versucht, sich mit dem süßen Zeug über den Verlust seines Handys hinwegzutrösten.

Nachdem der Hai wieder in der Halle verschwunden war, hatten wir noch eine Weile wie hypnotisierte Hamster auf die

Wellen gestarrt. Dann beschlossen wir, so schnell wie möglich zu verschwinden. Gerade als wir durch das Tor am Eingang schlüpfen wollten, hörten wir hinter uns eine Stimme:

»Wartet, ihr seid doch klatschnass! Wie wär's mit ein paar Handtüchern und einer kleinen Stärkung?«

»Auf keinen Fall!«, hatte Flo gezischt.

Auch ich witterte Gefahr. Schließlich wirkte der Bärtige gefährlich!

Aber Spasti hatte eine Idee, wie wir unsere Neugier stillen konnten, ohne uns komplett auszuliefern: »Flo, mach schnell ein Foto von dem Kerl vor der Halle und schreib dazu: ›Wir sind bei dem Mann in der Hummerwerft.‹ Wenn es brenzlig wird, schickst du es an all deine Freundinnen.«

Aber die Vorsichtsmaßnahme erwies sich als überflüssig. Flo hielt zwar noch eine ganze Weile den Finger auf dem *Senden*-Button, als wäre es ein Pistolenabzug, doch der Mann hatte sich als völlig harmlos herausgestellt.

Nun rauscht in dem Kabuff nebenan die Klospülung, und kurz darauf kommt unser seltsamer Gastgeber heraus. Seine Haare sind ebenfalls nass, denn bei dem Versuch, vom Rücken des Hais zu springen, war er ins Wasser gefallen.

Als wir dem Mann zurück in die Werft folgten, habe ich gesehen, dass er humpelt. Sein linkes Bein ist nach innen geknickt und viel dünner als das rechte. Auch sein linker Arm hat weniger Muskeln als der rechte Arm. Seine Erfindung lag nun wieder in der Wasserrinne, um die sich der Betonboden der Schiffswerkstatt wie ein großes U schloss. Mit Holzplanken und einer

Plastikplane hat der Mann den Hai abgedeckt, und dann noch mehrere Metallböcke daraufgestellt, auf denen nun ein kleines abgeschliffenes Ruderboot liegt. Niemand käme auf die Idee, darunter nachzusehen. Seine nasse Badehose und das T-Shirt hat er inzwischen gegen die Straßenklamotten eingetauscht, in denen er gekommen war. Er wäscht sich in der matten Spüle die Hände und reicht uns dann nacheinander seine rechte Pranke, sie ist noch immer voller Ölflecken.

»Dietmar, ich heiße Dietmar. Ich wohne hier.«

Er ist groß und dünn und sein Gesicht ist voller kleiner Narben, soweit das unter den vielen Barthaaren zu erkennen ist. Ich schätze, er ist mindestens zehn Jahre älter als mein Vater.

»Und wer seid ihr?«, fragt er uns.

»Bernd. Aber hinter meinem Rücken nennen mich alle Spasti. Die denken, ich wüsste das nicht längst.«

Plötzlich schäme ich mich.

Flo auch. Dann stellt sie sich vor: »Florentine. Sag einfach Flo.«

»Jeremia. Jem.«

»Ihr seid aus *Haus Horizont*«, vermutet Dietmar richtig und öffnet die zweite Jaffa-Cake Rolle.

Wir nicken.

Da es keine vierte Kaffeetasse gibt, schüttet er die Plörre in einen Einwegbecher aus Plastik. »Und ihr habt sicher viele Fragen.«

Wir nicken erneut.

»Bei dir ist wohl 'ne Sicherung durchgebrannt, ich meine, bei deinem Hai«, meldet sich Bernd als Erster und kichert über seinen Versprecher.

»Ja, so was Ähnliches«, antwortet Dietmar. »Sobald der Motor richtig auf Touren kommt, gibt es Probleme. Vor allem, wenn die See so unruhig ist wie heute. Für alles andere brauche ich nur Muskeln. Das Ruder, das Maul, zur Not schwimmt der Hai auch mit Pedalkraft. Leider funktioniert mein linkes Bein nicht so toll. Aber ein Hai, der so langsam wie ein Kettcar ist, ist doch kein echter Hai, oder?«

Wir schütteln die Köpfe.

»Nein, wohl eher ein Tretboot mit Zähnen«, meint Bernd schmatzend.

»Wie tief kannst du mit dem Hai tauchen, Dietmar?«, will Flo wissen.

»Nicht sehr tief. Gerade genug, damit die Flosse eintaucht.«

»Gibt es Baupläne?«, fragt Bernd aufgeregt. »Darf ich die mal sehen? Ich würde zu gerne ...«

»Moment mal«, mische ich mich ein. »Ich hätte da auch noch eine Frage. Wozu haben Sie das Ding eigentlich gebaut?«

Meine Frage bleibt eine Weile unbeantwortet. Dietmar ist erst mal vor die Scheibe getreten, durch die man in die Arbeitshalle blicken kann, wo nichts mehr auf seine Erfindung hindeutet. Er wirkt abwesend, scheint mehr nach innen zu gucken, als suche er in seinem Kopf nach uralten Erinnerungen.

»Als Junge war ich auch in *Haus Horizont*, wisst ihr, und das nicht nur einmal«, sagt er, ohne uns dabei anzuschauen. »Zuerst war ich total einsam, hatte keine Freunde und wäre am liebsten wieder nach Hause gefahren. Doch da wäre ja niemand gewesen. Meine Eltern hatten in den Ferien ihre eigenen Pläne. Sie gingen lieber surfen, segeln oder tauchen. Waren ohne mich wandern oder Ski fahren, was weiß ich.«

»Genau wie bei mir«, sage ich trübe.

»Und bei mir!«, ruft auch Flo dazwischen.

Spasti fliegen Schokokrümel aus dem Mundwinkel, als er hastig zustimmt.

»Und Handys gab es damals auch noch nicht«, fährt Dietmar fort. »Nur ein einziges Telefon am Empfang, und das war ständig belegt. Da kann einen schon mal übles Heimweh packen. Manchmal habe ich sogar heimlich geflennt.«

Ich muss an meine Flucht in den Fernsehraum denken. Flo liest meine Gedanken und zwinkert mir aufmunternd zu. Spasti denkt wohl gerade an sein versunkenes Handy.

»In meinen zweiten Ferien auf Hummerstrand habe ich dann Leo und Berte kennengelernt«, erzählt Dietmar weiter. »Leo saß damals im Rollstuhl.«

»Was? Heute sitzt er nicht mehr im Rolli? Wie hat er das geschafft?«

»Lass ihn doch ausreden, Flo!«, mosert Spasti.

Flos Frage hat Dietmar verwirrt, das erkenne ich am Zucken in seinem Gesicht. Doch dann erzählt er einfach weiter: »Ich hatte Polio. Kinderlähmung. Deshalb musste ich an Krücken gehen.«

Mir fällt das Foto ein, das ich in dem Lurchi-Pappkarton gefunden habe. Ein Mann mit Hai-T-Shirt und Krücken neben einem Rollifahrer und einer »Normalen«. Vielleicht nur ein Zufall. Krücken sind in *Haus Horizont* ja so normal wie Schlittschuhe auf einer Eisbahn.

»Wir drei waren bald ein Superteam, haben alles zusammen gemacht. Eines Tages zeigten sie im Dorfkino von Hummerstrand einen Film, der eigentlich nur für Erwachsene gedacht war.«

»Irgendwas mit Haien, nehme ich an«, falle ich ihm ins Wort.

»Genau. *Der Weiße Hai.* Wir haben den Filmvorführer mit unserem Taschengeld bestochen, und er hat uns vom Vorführraum aus zusehen lassen.«

Bis vor einer Minute habe ich den Braten nur gerochen, jetzt bin ich mir sicher: Der Kerl mit den vielen Haaren ist einer vom *Klub der letzten Heuler.* Doch ich will ihn erst mal ausreden lassen, bevor ich die Bombe platzen lasse.

»Danach gab es für uns kaum noch ein anderes Thema. Leo fing an, die Küste von Hummerstrand zu malen, und jedes Mal hat er einen Hai eingebaut. Seine Bilder wurden von Tag zu Tag unheimlicher. Er malte fliehende Badegäste, sinkende Kutter oder das blutige Maul des Hais mit den großen Zähnen, wie es auf den Strand zuschwimmt. Ich konnte nicht so gut malen wie er, aber …«

»… du hast einen Haifischbauplan entworfen, nicht wahr? Bist du ein Ingenieur?«, unterbricht ihn Bernd.

»Gut kombiniert. Damals natürlich noch nicht, aber heute entwickle ich Baumaschinen.« Dietmar nickt Bernd anerkennend zu; die zwei verstehen sich prächtig.

»Wir wollten eine ganz große Nummer daraus machen, damit endlich was los ist auf Hummerstrand. Zusammen haben wir überlegt, was wir dazu alles brauchen, und Berte ist dann über die Insel gezogen, um Material zu suchen. Dabei hat sie übrigens die Hummerwerft entdeckt und uns gleich davon berichtet. Sie war gerade dichtgemacht worden.«

Flo rutscht unruhig auf ihrem Sitz herum. »Warum seid ihr nicht gemeinsam losgezogen, so wie wir? Ich muss übrigens strullen«, meldet sie sich zum Klo ab.

»Die Rollis waren damals noch nicht so toll wie heute. Brauchst du Hilfe?«, ruft ihr Dietmar hinterher.

»Nein!!! Bleibt bloß, wo ihr seid!«

Als Flo zurück ist, ist der Augenblick gekommen, meine Verbündeten mal so richtig zu beeindrucken. Ich stemme die Arme in die Hüften und verkünde: »Du bist einer vom *Klub der letzten Heuler,* Dietmar, stimmt's?«

»Klub der … was?« Flo macht große Augen.

»… der letzten Heuler? Das klingt ja echt beknackt«, findet Bernd. »So wie ›Heim der halben Hähnchen‹.«

Flo kichert.

»Oder ›Stall der armen Schweine‹.«

Flo prustet los.

»Oder ›Trupp der traurigen Tölpel‹.«

Flo und Bernd liegen sich wiehernd in den Armen, und nun lacht auch Dietmar zum ersten Mal. Ich reiße mich zusammen, auch wenn Bernds Sprüche echt saukomisch sind, denn jetzt will ich Gewissheit haben.

»Ich habe einen Karton mit alten Bildern gefunden, unten im Keller vom Kurheim. Du bist der mit dem Hai-T-Shirt, oder?«

»Stimmt, das T-Shirt habe ich immer noch. Den Karton musst

du mir unbedingt zeigen.« Dietmars Augen leuchten. »Ihr drei seid ja echt auf Zack!«

Als Bernd sich wieder einkriegt, knufft er mich: »Und ich dachte, du hättest nichts Spannendes entdeckt!«

»Warum hast du den Hai gerade jetzt gebaut, so viele Jahr später?«, will ich von Dietmar wissen.

»Bevor wir damals loslegen konnten, waren die Ferien auch schon vorbei«, antwortet er. »Und danach waren wir nie wieder alle drei zusammen auf der Insel. Die Pläne lagen so lange unter meinem Bett, bis sie irgendwann vergilbt waren.«

»Wo sind sie jetzt?«, fragt Bernd.

»Hier. Natürlich habe ich sie überarbeiten müssen.« Dietmar zeigt auf die Schublade des Schreibtisches, der an der Wand steht. Darüber winkt Susi von ihrer Tonne. »Als es Leo vor einigen Jahren immer schlechter ging, bin ich mit den Plänen nach Hummerstrand zurückgekehrt und habe losgelegt, um ihm eine Freude zu machen. Leider bin ich nicht rechtzeitig fertig geworden.«

Flo seufzt. »Ach, deswegen braucht er seinen Rollstuhl nun nicht mehr. Und wie geht es Berte?«

»Ja, Leo hat den Hai nicht mehr sehen können. Berte wiederum hatte Asthma, ich habe sie leider aus den Augen verloren. Bis vor Kurzem lag der Hai versteckt und grob montiert hier in der Hummerwerft herum. Doch dann gab es plötzlich einen wichtigen Grund, ihn schließlich doch noch fertig zu bauen. Diesen Grund gibt es immer noch, und er hat einen Namen: Ferdinand Satorius!«

Wir schauen uns ratlos an, keiner hat diesen Namen jemals gehört.

»Wer, zum Tintenfisch, ist Ferdinand Satorius?«

Eine rote Zornesfalte zieht sich über Dietmars Stirn. »Ein ganz gewissenloser Schurke, er will …«

Doch er kann seinen Satz nicht beenden. Von draußen unterbricht ihn eine dröhnend verzerrte Stimme: »Hier spricht die Polizei. Kommen Sie mit erhobenen Händen raus. Der Tatort ist abgeriegelt. Jeder Fluchtversuch ist zwecklos!«

Die Stimme kenne ich: Nissen! Aber was macht er ausgerechnet jetzt auf der Hummerwerft? Und warum sollen wir mit den Händen überm Kopf rauskommen? Und wie, bitte schön, soll Flo das anstellen?

Dietmar wirft seinen halbvollen Kaffeebecher in eine Tonne und rast in die Montagehalle. Er kontrolliert die Seiten der Abdeckung und wirft noch schnell ein paar Werkzeuge und Eimer über die Plane. Offenbar will er um jeden Preis verhindern, dass der Hai entdeckt wird.

Dann kommt er zurück und warnt uns: »Wenn ihr *Haus Horizont* retten wollt, kein Wort über den Hai! Versprochen?«

Wir versprechen es ihm, auch wenn wir keinen Schimmer haben, wie der Hai das Kurheim retten soll.

»Wartet, ich gehe voraus und frage, warum die Polizei gekommen ist. Ich sage ihnen, dass ihr hier drinnen seid. Euch wird nichts geschehen!«

Die Polizei...ei...ei...ei

Für meinen Geschmack haben wir für heute genügend Überraschungen erlebt. Doch als wir aus der Werfthalle treten, haut es mich fast aus den Sneakern. Nissen hat Verstärkung vom Festland mitgebracht. Drei Polizeiwagen stehen mit Blaulicht vor dem offenen Tor. Fünf Polizisten beobachten angespannt Dietmar, der mit versteinerter Miene neben Nissen steht. Der hat ihm inzwischen Handschellen angelegt und zeigt aufgeregt zu dem Kutter mit dem Namen »Vorwärts«.

Dietmar hebt die Schultern. »Ich weiß wirklich nicht, wie der Mann in das Boot gekommen ist, das müssen Sie mir glauben!«

Ich tripple unauffällig an der Vorderseite der Halle entlang, bis ich einen Blick auf die linke Seite der *Vorwärts* werfen kann. Aus einem kleinen Bullauge am Rumpf hängt etwas heraus. Es ist ein Stück Stoff mit groben Punkten drauf – eine Krawatte! Ich habe sie schon einmal vor zwei Tagen unterhalb der Südklippen gesehen, da hat sie am Hals des Toten gehangen. Und das Stück weißer Hemdkragen, das ebenfalls zu sehen ist, lässt keine Zweifel aufkommen, dass sie es noch immer tut. Mir wird schlecht.

»Kinder, ihr könnt die Hände runternehmen!«, ruft uns Nissen spitz zu.

Wirre Gedanken rasen mit gebleckten Zähnen durch mein

Oberstübchen. Wie kommt der Tote in die *Vorwärts*? Was hat Dietmar damit zu tun? Wer hat eigentlich die Polizei gerufen? Wer ist dieser Satorius? Und: Wie soll der Hai unser Kurheim retten?

Nissen übergibt Dietmar an einen Beamten, der ihn gleich auf die Rückbank eines Streifenwagens drückt. Einem anderen gibt er Anweisung, den grünen Mercedes zur KTU zu bringen – also zur kriminaltechnischen Untersuchung. Er hofft wohl auf Spuren in Dietmars Kofferraum. *Wie gruselig*, mir fährt es eisig durch die Knochen. Dann kommt Nissen zu uns.

»Was habt ihr hier zu suchen?«, fragt er unfreundlich, und dann erkennt er mich. »Ach, nee, der Jeremia Jacobs schon wieder!«

Angriff ist die beste Verteidigung, beschwört mein Vater mich regelmäßig, also lege ich los: »Da haben Sie den Salat! Den Toten gibt es wirklich! Ich habe nicht gelogen! Die Krawatte und alles! Aber einem Kind kann man ja nicht glauben! Ich will sofort mit meinem Vater sprechen!«

Ich krame mein Handy hervor und hoffe, dass es schneller hochfährt als sonst.

»Jetzt halt mal die Luft an, Kleiner!«, unterbricht mich Nissen ruppig. »Zuerst beantwortet ihr meine Fragen.«

Prompt meldet sich meine Lunge, Capri-Alarmstufe vier mit Tendenz zu fünf! Aus Hecheln wird im Nu Pfeifen. Geistesgegenwärtig feuere ich eine Ladung aus der Spraydose in meinen Hals. Doch es bringt nichts.

Bernd glaubt, ich wolle mich aus der Situation heraustricksen,

und beginnt zu jammern: »Mein Bein, ah! Ich kann nicht mehr stehen. Hilfe, ich kippe um!«

Flo sackt in ihrem Rolli zusammen und lässt mit halb geschlossenen Augen die Zunge raushängen.

Es dauert nicht lange, da werden wir mit Blaulicht und Sirene zurück ins Hoz gebracht, wo Flo und Bernd – wie von Geisterhand kuriert – sich schnell erholen. Nur die Attacke meiner Lunge ist kein Scheinangriff. Während meine Freunde sich im Speisesaal über die Würstchen hermachen, liege ich im Arztzimmer, und Dr. Timm spritzt mir ein Mittel gegen Atemnot.

»Das war knapp«, seufzt er und gibt mir noch was zum Schlafen.

Fatelko Nr. 2

Am nächsten Morgen fühle ich mich wunderbar. Zum einen habe ich sensationell gut geschlafen, ganz ohne Ohrstöpsel, zum anderen freue ich mich schon darauf, Flo und Bernd zu treffen. Wir haben eine Menge zu besprechen nach allem, was gestern geschehen ist. Ich wüsste zu gern, was sie von der ganzen Geschichte mit dem falschen Hai halten. Vielleicht gab es ja auch schon Neuigkeiten über Dietmar und den Toten. Ich halte kurz still und achte auf meine Atmung. Nichts zu hören, dann kann der Tag ja losgehen!

Nach einem gewagten Sprung aus dem Bett zerre ich die erstbeste Hose und irgendein T-Shirt aus dem Schrank. Ich checke die Socken, die lose auf dem Schrankboden verteilt sind. Meine Nase entscheidet sich für eine blaue und eine weinrote. Spätestens, wenn sie in den Sneakern verschwunden sind, kräht kein Hahn mehr danach. Hab ich alles? Handy, Sonnenbrille, Basecap, ein paar Münzen für den Getränkeautomaten, mein Lungenspray und die Dose Handcreme als Beruhigungsmittel. Alles an Bord. Ich bin schon fast auf dem Flur, da meldet sich mein Handy. Eine unangenehme Fatelko steht ins Haus, das erkenne ich schon am Klingeln.

»Jeremia, ich bin's, Papa. Mama ist auch hier.«

»Hallo, was gibt's denn?«, frage ich ungeduldig.

»Was es gibt?« Meine Mutter klingt, als würde gerade *ihre* Lunge auf Capri schalten. »Du fragst *uns*, was es gibt?«, wiederholt sie sich.

»Wie ist euer Urlaub? Habt ihr viel Sonne?«, erkundige ich mich.

Doch am anderen Ende der Leitung zieht ein gewaltiges Unwetter auf. Ich schließe die Tür, setze mich auf die Bettkante und lege das Handy in einiger Entfernung auf die Decke, was sich umgehend als schlaue Entscheidung herausstellt.

»Was treibst du mitten in der Nacht am Strand, um Himmels willen?«, brüllt Papa.

Mit dem Telefon am Kopf, hätte ich jetzt nicht nur *Lunge*, sondern auch noch *Ohr*.

Und genauso lautstark geht es weiter. »Verrate mir bitte mal eines: Warum muss ausgerechnet *mein* Sohn auf eine Leiche stoßen?«

Die Frage ist irgendwie seltsam. Ich muss kurz nachdenken.

»Stoßen ist übertrieben, ich habe sie nur gesehen. Reines Pech!«, antworte ich.

»Stell dich nicht dümmer, als du bist, Jem«, verlangt Mama. »Willst du behaupten, es ist purer Zufall, dass dir zweimal hintereinander der gleiche Tote begegnet?!«

Ich beuge mich über das Handy: »Du meinst, er hat mich verfolgt?«

»Rede nicht so mit deiner Mutter!« Papa spricht nun etwas leiser, aber er ist noch immer stinksauer. »Wir machen uns ganz schreckliche Sorgen um dich. Die Polizei hat angerufen, Herr Bender auch, und zuletzt Dr. Timm.«

»Wie sollen wir jetzt noch in Ruhe unseren Urlaub genießen?«, fragt meine Mutter.

»Du machst es uns wirklich nicht leicht. Meine schwer verdiente Erholung ist jetzt schon im Eimer«, setzt Papa noch eins drauf. »Herzlichen Dank, Jem!«

Die sind ja total übergeschnappt! Ich stecke bis zum Hals in einem Mordfall, aber meinen lieben Eltern fällt nichts Besseres ein, als über den Verlust ihrer heiligen Urlaubsruhe zu flennen. Denen huste ich was, der Zeitpunkt ist gekommen, sie mal richtig anzuschreien! Ich schnappe mir das Handy, halte es direkt vor den Mund und drehe alle Pegel auf elf. Ist mir gleich, ob sie davon taub werden. Doch im letzten Moment reiße ich mich zusammen, denn was wird meine Lunge zu einem ohrenzerfetzenden Brüller sagen? Den gestrigen Tag wird sie mir ohnehin noch eine ganz Weile nachtragen, und schließlich möchte ich die Zeit auf der Insel nutzen, um so viel wie möglich über den *Klub der letzten Heuler* zu erfahren. Ich will herausfinden, was es mit dem Toten auf sich hat, wer *Rette*r ist, und ich möchte, sooft es nur geht, mit Flo und Spasti zusammen sein. Seit wir befreundet sind, finde ich es hier gar nicht mehr so schrecklich. Und falls es doch noch eine Möglichkeit gibt, das Hoz zu retten – schließlich hat Dietmar so etwas angedeutet –, dann will ich dabei mithelfen. Für all das brauche ich die Mitarbeit meines bockigen Organs.

Also sage ich mit leiser, mitleiderregender Stimme: »Ja, es war

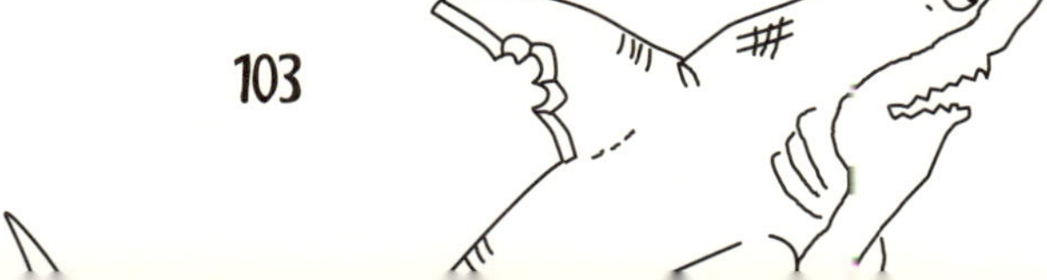

total schrecklich. Ich hatte mich nachts verlaufen, dabei wollte ich nur die streunende Katze füttern (Die gibt es wirklich). Das arme Tier jault immer so laut, und außer mir schert sich ja keiner darum. Plötzlich lag da dieser Mann. Und gestern haben wir den Anschluss an die Gruppe verpasst, weil die keine Rücksicht auf uns genommen haben.«

Mein Vater räuspert sich, als wolle er mir ins Wort fallen.

Aber ich lasse ihm keine Zeit zum Luftholen. »Auf dieser komischen Werft wollten wir um Hilfe bitten, und dann war da plötzlich ganz viel Polizei und wieder dieser Tote. Wir wollten nur noch so schnell wie möglich zurück ins Kurheim. Vor Aufregung wäre ich fast erstickt, es ging um Leben und Tod. Aber jetzt geht es mir wieder super. Macht euch keine Sorgen!«

Meine Mutter schluchzt leise im Hintergrund. Papa hält das Telefon zu, aber ich verstehe die beiden trotzdem.

Mama: »Benno, das klingt alles gar nicht gut. Lass uns nach Hummerstrand reisen. Wir müssen doch jetzt bei Jem sein!«

Papa: »Die Story kaufst du ihm ab? Bei Herrn Bender klang das noch ganz anders.«

Mama: »Was der Bender sagt, interessiert mich nicht. Ich vertraue Jem.«

Papa: »Wenn du meinst, Laura. Aber ich habe doch die Führung für die Schluchtenwanderung übernommen. Um zehn geht es los.«

Mama: »Dann kümmere *ich* mich eben um die Rückflüge.«

Papa: »Das wird nicht einfach. Von Kreta nach Hummerstrand … das dauert!

Mein Vater wollte in diesem Jahr unbedingt nach Griechenland, weil er wegen der dortigen Finanzkrise auf einen günstigen Urlaub mit vielen Schnäppchen gehofft hatte.

»Alle kümmern sich hier ganz toll um mich«, mische ich mich in ihre Rückreisepläne ein. »Sind ja echte Profis, die Pfleger und die Ärzte. Und die Polizei hat die Lage voll im Griff!«

Wie aufs Stichwort klopft es an der Tür.

»Jem, hier ist Wencke. Herr Nissen möchte dich sprechen. Kommst du bitte gleich ins Dienstzimmer?«

»Ich muss los, wir wollen Cluedo spielen«, verabschiede ich mich von meinen Eltern. »Macht's gut. Tschüss!«

Nissen: »Woher kennst du Herrn Dierksen?« Seine Uniformjacke hängt auf einem Bügel an einem Wandhaken. Die Ärmel seines Hemdes hat er aufgeknöpft und bis zu den Ellbogen hochgeschoben.

»Wen?«

»Dietmar Dierksen, den Pächter der Hummerwerft.«

»Den kenne ich eigentlich nicht, der hat den Ha…« Doch im letzten Moment erinnere ich mich an Dietmars Warnung. »Wir wollten in der Werft nur telefonieren, weil unsere Handys leer waren. Wir hatten uns verirrt!«

»Alle drei Handys waren leer?«, wundert sich Nissen. »Gleichzeitig? Dafür, dass du nicht zum ersten Mal auf der Insel bist, verirrst du dich ja momentan ziemlich oft. Und jedes Mal taucht dabei diese Leiche auf! Das ist doch mehr als seltsam.«

Ich antworte mit einem Achselzucken.

»Warum bist du vorgestern Nacht auf den Felsen herumgeklettert?«, will Bender wissen.

»Bin ich ja gar nicht! Ich war unten am Strand!«

Ich betrachte seinen unübersehbaren Bauch und erinnere mich plötzlich wieder, dass der *Retter* auch ziemlich dick war. Kurz versuche ich, mir unseren Heimleiter in dem *Retter*-Hoodie vorzustellen. Aber warum sollte Bender sich mitten in der Nacht auf den Klippen rumtreiben? Und dann fällt mir ein weiteres interessantes Detail ein: Bender stammt aus Hamburg, der Stadt mit dem Pleitegeierfußballclub. Außerdem verpasst er keine Sportschau. Ist er vielleicht wirklich ein Anhänger der *Retter*-Aktion?

»Du weißt, dass du ohne Begleitung nicht herumstreunen darfst.« Bender knallt einen Ausdruck der Hausordnung auf den Schreibtisch. »Das hier solltest du dir mal gründlich durchlesen!«

Nur Wencke hält zu mir. Sie legt mir während des Verhörs eine Hand auf meine Schulter und drückt mich, wann immer die Männer mich mit ihren Fragen löchern wie eine Dartscheibe.

Nissen übernimmt wieder: »Du musst schon ein bisschen mithelfen, Jem. Du bist schließlich unser einziger Zeuge. Also: Hast du Herrn Dierksen oben auf den Klippen erkannt?«

»Nein, zum Tintenfisch! Da war nur ein Kopf im Dunkeln.«

Sollte ich ihnen etwa jetzt von Sevis Film erzählen? Ein weiterer Blick auf BBs Bauch lässt mich schweigen. Wenn er tatsächlich der *Retter* ist, dann sind Sevi und ich möglicherweise die Nächsten, die von der Klippe segeln.

»Wir gehen davon aus, dass es sich bei der Leiche, die wir im Kutter gefunden haben, und der, die du am Fuß der Klippen gesehen hast, um ein- und dieselbe handelt. Und der Mord an dem Verstorbenen namens Rupert Ferch geht wahrscheinlich auf das Konto von diesem Dierksen. Er hatte ein handfestes Motiv. Leider fehlt uns noch der letzte Beweis.«

»Sorry, Herr Nissen, aber nur weil Herr Dierksen gegen

Herrn Satorius und seine Pläne vorgeht, bringt er doch nicht diesen Rupert Ferch um die Ecke«, mischt sich Wencke ein. »Da hätte er sich den gierigen Baulöwen doch auch persönlich vorknöpfen können.«

»Ferch war sozusagen die rechte *und* die linke Hand von Satorius«, näselt Nissen. »Ohne den hat Satorius keinen Piep in der Öffentlichkeit von sich gegeben. Bestimmt liefen alle Verträge erst mal durch seine Hände.«

Ich verstehe nur noch Bahnhof. »Wer ist Rupert Ferch und wer ist dieser Satorius?«

Wencke klärt mich auf: »Satorius ist der grässliche Kerl, der gemeinsam mit seinen Partnern das ganze Gelände kaufen wird, auf dem *Haus Horizont* steht. Du weißt doch, dass er hier alles abreißen will, um ein Hotel zu bauen. Als wenn Satorius nicht schon genug Hotels überall auf der Welt besitzen würde. Diesen geldgierigen Geier und seine Bande interessiert überhaupt nicht, wo ihr euch in Zukunft erholen könnt. Es ist zum Heulen! Und Rupert Ferch war sein Anwalt, der war auch nicht besser.«

Bender schaut sie verständnisvoll an und legt seine Hand auf ihre, die nun beide auf meiner Schulter liegen. »Noch hat die Gemeinde nicht unterschrieben«, sagt er sanft. »Na ja, zugesagt haben sie leider schon.«

Nissen rollt die Ärmel runter, ein gutes Zeichen, dass sich das Verhör dem Ende nähert. »So ist nun mal das Geschäftsleben, Schwester Wencke. Deswegen kann man nicht gleich Rechtsanwälte von den Klippen werfen. Die machen auch nur ihren Job.«

Wencke will etwas erwidern, doch da bewegt sich etwas an

der Wand, und alle schauen zum Garderobenhaken. Cäcie hat sich unbemerkt ins Dienstzimmer geschlichen und steckt nun bis zum Bauch in Nissens Uniformjacke. Nur ihre Nasenspitze schaut vorne heraus. Schnodder tropft auf ihre Füße. Sie wischt sich übers Gesicht und verteilt den Rotz in Nissens Jackenfutter.

»Schwester, bitte tun Sie was!« Das Wort Ekel steht dem Polizisten wie ein Graffiti ins Gesicht geschrieben.

»Es gibt Schlimmeres, Herr Nissen«, meint Wencke gelassen. Sie zieht Cäcie zu sich und putzt ihr die Nase. »Und es gibt Leute, vor denen es mich wirklich ekelt und graust: Halsabschneider wie Satorius und seine Leute. Egoisten, die nicht wissen, dass wir alle in einem Boot sitzen. Die Reichen *und* die Armen, die Gesunden und die, die Hilfe brauchen. Leider vergessen manche Leute das nur allzu gerne, wenn es um ihre Bequemlichkeit und ihren Profit geht.«

Dem hat sie es gegeben! Dafür liebe ich Wencke nur noch umso mehr.

Nissen überlegt kurz, was er darauf antworten soll, doch dann tippt er entschlossen mit einer zusammengerollten Zeitung auf den Schirm meiner Mütze.

»Gib es zu, Jem. Ihr habt den Artikel in der HUPO gelesen und Herrn Dierksen aufgesucht, um ihm zu helfen. Ihr wolltet eben nicht tatenlos zusehen, wie euer Haus vom Erdboden verschwindet.«

Für mich ist Nissens Sprechzeit vorbei, und Fragen nehme ich erst wieder an, wenn ich was Leckeres gefrühstückt habe. »Ich lese keine Zeitungen. Kann ich jetzt gehen?«

»Ich bin mir nicht sicher, ob du uns die Wahrheit gesagt hast, Jeremia«, bäumt sich Nissen noch mal auf.

»Ich weiß nichts! Ich habe Hunger! Lösen Sie Ihren Fall gefälligst ohne mich! Sie sind doch ein Polizist! Ich bin Gast hier im Kurheim! Also behandeln Sie mich gefälligst nicht wie einen Gangster!«

Und dann darf ich endlich in den Speisesaal.

Ich frühstücke einsam und allein, weil alle längst ihre Therapiestunden begonnen haben. Dabei lese ich den Artikel in der HUPO, die Nissen mir zuvor in die Hand gedrückt hat. Die Ausgabe ist zwei Wochen alt.

Rettung für Haus Horizont?

Zwischen den Investoren, die auf unserer Insel ein Wellness-Hotel errichten wollen, und der Initiative »Rettet Haus Horizont« ist ein heftiger Streit ausgebrochen. Der Gründer der Initiative, Dietmar Dierksen, wirft dem Hauptinvestor Ferdinand Satorius Geschäftemacherei auf Kosten der Kinder vor, die seit vielen Jahren zum Erholungsurlaub in das Haus Horizont kommen. Da der Gemeinde das Geld fehlt, um der insolventen Betreiberfirma des Kurheims das Grundstück abzukaufen, sieht es düster aus für die Erhaltungspläne der Initiative. Dierksen hat angekündigt, bis zur letzten Sekunde gegen Satorius' Vorhaben zu kämpfen. Welche Mittel er noch in seinem Kampf um die Zukunft von Haus Horizont einsetzen will, hat uns Dierksen nicht verraten. »Ich habe einen Trumpf im Ärmel«, teilte er uns auf telefonische Nachfrage mit. »Wenn es hart auf hart kommt, wissen wir uns zu wehren.«

Der Anwalt von Ferdinand Satorius, Rupert Ferch, hat diese Aussage als »leere Drohung« bezeichnet. Der Bau des Hotels sei bereits »in trockenen Tüchern, die Verträge so gut wie wasserdicht«.

Über die weitere Entwicklung halten wir Sie natürlich auf dem Laufenden.

Das haut ja wohl die Tinte aus dem Fisch! Erst jetzt begreife ich richtig, wovon BB und Nissen gesprochen haben. Nissen glaubt allen Ernstes, Dietmar hätte den Anwalt erledigt, um das Kurheim zu retten. Doch Wencke hat recht: Warum hat er dann nicht auch gleich diesen Satorius verschwinden lassen? Warum das nächtliche Treffen und wieso deponiert er anschließend den Toten gut sichtbar auf seiner Werft? Da hätte Dietmar die Polizei auch gleich selbst anrufen können. Und der Bauch! Dazu hätte er ein Kissen unterm Hoodie tragen müssen, das alles ergibt doch keinen Sinn. Es knirscht zwischen meinen Zähnen. Im Dessert ist etwas, das ganz und gar nicht nach Früchten schmeckt, und ich ahne auch schon, wer da seine Finger im Quark hatte. Ich lutsche den Zettel ab und lese: 01/34/27-7/0000

Spasti hat mir eine neue Botschaft hinterlassen. Alles klar! Diesmal werde ich pünktlich sein, und am richtigen Ort!

Irgendjemand steht hinter mir. Es ist Cäcie. Noch immer läuft ihr Schnodder übers Kinn, den ich mit meiner Serviette abwische. Ich habe mich inzwischen daran gewöhnt, dass sie mich nie anschaut. Ihr Blick wandert pausenlos umher, als wundere sie sich über ihre Umgebung. Doch Menschen scheinen für sie nicht wichtiger oder interessanter zu sein als Tische, Blumen

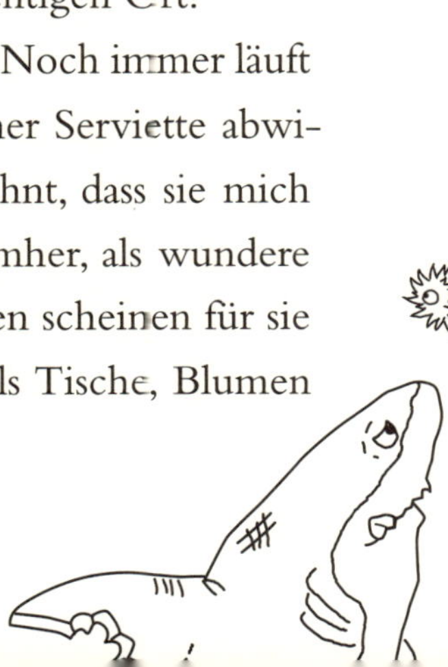

oder Schatten. Aber so ganz sicher bin ich mir da nicht. Ich würde sie zu gerne fragen, ob sie mich mag oder doof findet. Ob sie glücklich ist oder gelangweilt. Ob sie lieber zu Hause bei ihren Geschwistern wäre, oder ob es ihr egal ist, wer sie füttert und abends ins Bett bringt. Wenn sie nicht gerade ihre Haare verknotet, reibt sie ihre Finger aneinander, als würde sie leise schnipsen. Doch jetzt hält sie in einer Hand etwas fest. Ich ziehe vorsichtig ein Streichholzbriefchen hervor. Es ist nicht ungewöhnlich, dass sie Kleinigkeiten auf ihren Spaziergängen einsammelt und woanders hinträgt. Sie war auch einmal in unserem Zimmer, woraufhin Sevi einen halben Tag lang wie ein Maulwurf durchs Haus geirrt ist. Cäcie hatte nämlich seine Brille mit den grünen Bügeln mitgenommen und in die Toilette geworfen. Seitdem wird Sevi von manchen hier als Klobrillenträger gehänselt.

Seltsam ist jedoch, was auf dem Streichholzbriefchen steht:

SATORIUS SPA

WOHNEN UND WELLNESS,

WUNDERBAR!

Ich klappe es auf und entdecke eine Handynummer, die mit Kugelschreiber notiert ist.

»Woher hast du die?«, frage ich, ohne wirklich auf eine Antwort zu hoffen.

Wenn ich Bernd davon erzähle, wird er vorschlagen, Cäcie mit einer kleinen Internet-Kamera auszurüsten, damit wir ihr in Zukunft über die Schulter schauen können. Und vielleicht ist das gar keine schlechte Idee. Doch wenn das rauskäme, stände garantiert der nächste Ärger ins Haus. Wir dürfen kein weiteres

Risiko eingehen. Bei nächster Gelegenheit werde ich mich an Cäcies Fersen heften, mal schauen, wohin sie mich führt.

Ich vermute mal, dass der Besitzer der Streichholzschachtel sich in einem von Satorius' Hotels hat verwöhnen lassen, und dafür nun gemeinsame Sache mit dem reichen Schurken und seinen Investoren macht. Und da Cäcie diese Streichholzschachtel wohl kaum in einem von Satorius' weltweiten Spas gefunden hat, muss dieser Mensch mitten unter uns leben! Bislang war ich felsenfest davon ausgegangen, dass alle hier für den Erhalt des Kurheims einstehen, doch da habe ich mich wohl getäuscht. Irgendwie bin ich total sauer auf den Verräter, auch wenn ich noch nicht mal weiß, wer es ist, und es bislang nicht mehr als ein Verdacht ist. Beim nächsten Treffen unseres Einsatzteams werden wir uns Klarheit verschaffen, indem wir diese Nummer anrufen. Das traue ich mich nicht alleine.

Oh, Fiona

Irgendwas in Bernds Zimmer ist anders. Ich sitze wieder auf dem schwankenden Stapel aus Fachzeitschriften und schaue mich um, doch noch kann ich den Unterschied nicht ausmachen. Konstruktionszeichnungen hängen neben Raumschiff-Postern, die Zahl der kleinen gelben Notizzettel scheint sich verdoppelt zu haben, aber das ist es nicht, was mich irritiert. Vielleicht täuschen mich auch nur das schwache Licht und die groben Schatten. Flo ist dicht bei der Tür geblieben, um Alarm zu schlagen, falls sich eine der Nachtwachen nähert. Spasti steht krummbeinig mitten im Raum und rudert mit den Armen wie ein Dirigent vor seinem Orchester.

»Sie haben Dietmar aufs Festland gebracht. Jäcki hat es beobachtet und überall rumerzählt. Ist wohl Gesprächsthema Nummer eins auf Hummerstrand.« Er macht eine Pause, schnieft, schnalzt und weiter geht's: »Gesprächsthema Nummer zwei: der Hai! Aber im Dorf glaubt offenbar niemand so richtig an die Geschichte. Die Leute halten es für Seemannsgarn. Außer uns Hozis, Wencke und Jäcki hat ihn noch keiner richtig gesehen. Und Jäcki erzählt eben viel, wenn der Tag lang ist, das weiß ja jeder.«

»Wenn Dietmar keinen Raketen-Antrieb in seinem alten

Mercedes hat, dann kann er gar nicht der Täter sein, dann hat er ein Alibi«, sage ich. »Wie soll er den Hai in der kurzen Zeit um die halbe Insel steuern, in der Werft verstecken, sich umziehen, mit dem Wagen um die andere Hälfte der Insel fahren und dann auf die Klippen laufen?«

Flo ist meiner Meinung: »Richtig. Warum dreht er erst noch eine Runde mit dem Hai, wenn er gleich darauf eine Verabredung mit dem Anwalt hat? Und eine Wampe hat er auch nicht. Psssst!« Sie legt einen Finger an die Lippen.

Draußen ist jemand auf dem Flur. Es ist mal wieder kurz nach Mitternacht. Eigentlich die perfekte Zeit, um zu träumen, ins Kissen zu sabbern und laut zu schnarchen, aber wir haben noch so viel zu klären, da ist an Schlaf gar nicht zu denken.

Noch gibt Flo keine Entwarnung, ihr Ohr klebt an der Tür.

Nach einer gefühlten Ewigkeit ist es draußen endlich wieder still, und Flo rollt zu uns. Gleich am Anfang unseres Treffens habe ich von Benders und Nissens Kreuzverhör berichtet und ihnen den Zeitungsartikel gezeigt. Klaro haben sie genauso große Augen gemacht wie ich. Doch als ich ihnen jetzt die Streichhölzer präsentiere, fallen ihnen die Glubscher fast aus dem Kopf.

»Morgen früh werden wir Cäcie so unauffällig wie möglich beschatten«, schlägt Bernd vor, nachdem er das Briefchen eingehend untersucht hat.

»Gute Idee«, findet Flo. »So finden wir heraus, wo sie die Streichhölzer gefunden hat. Chris hat einmal erwähnt, dass sie häufig die gleichen Wege geht. Dann kennen wir den Verräter, und vielleicht ergibt sich eine neue Spur zum Klippenmörder.«

Bernd schiebt sich die Brille zurecht. »Chronologisch sinnvoll wäre, als Erstes zu klären, wem diese Nummer gehört.«

Er kramt das neue Handy hervor, das er sich heute im Dorf besorgt hat, und ich sehe Fiona Steinburger auf seinem Display lächeln. Schnell verdeckt Bernd das Foto. Nicht schnell genug für Flo.

»Von der Mieze kannst du lange träumen«, prustet sie los. »Die lebt auf einem anderen Stern als wir!«

»Diktier mir mal die Nummer, Jem«, übergeht Bernd Flos Kommentar.

»Stell laut!«, fordert Flo.

Das Telefon wählt, ein Freizeichen ertönt, es knackt und dann geht tatsächlich jemand ran. Drei Sekunden lang herrscht Stille. Plötzlich ein leises Husten. »Hallo, hier Fiona.«

Vor Schreck lässt Bernd das Handy fallen, doch dieses Mal kann Flo es fangen. Jetzt liegt es in ihrer Hand wie ein plärrendes Roboterbaby.

»Wer ist denn da? Es ist schon verdammt spät! Ich hoffe für Sie, es ist was Wichtiges. Hallo?«

Ich kenne die Stimme aus dem Fernseher, Flo auch. Verblüfft presst sie eine Hand vor den Mund.

Nur Bernd will es nicht wahrhaben, fasst sich und sagt freundlich: »Guten Abend, entschuldigen Sie die späte Störung, aber mit wem sprechen wir bitte?«

»Sehr witzig! Hier ist Fiona Steinburger. Herr Satorius schläft bereits. Ich dachte, es ist wieder die Polizei. Ich hasse solche Streiche, Ihre Nummer habe ich nun ja, die gebe ich meinem

Manager. Der wird ihnen schon ’nen kochend heißen Einlauf verpassen!«

Dann legt sie auf.

Ich bin fassungslos. »Wie? Du hast die Nummer nicht unterdrückt, du Spasti?«, fauche ich Bernd sauer an.

Aber unser Einsatzleiter ist vorübergehend außer Betrieb. Schweiß perlt auf seiner Stirn. Er schwankt auf seinen krummen Beinen bedrohlich hin und her, öffnet und schließt den Mund wie ein Goldfisch in der Sauna, dann lässt er sich auf sein Bett fallen. »Oh, Fi… Fi…ona.« Er verdreht die Augen.

Und plötzlich habe ich eine Erinnerung vor Augen: Der Dicke im Flugzeug auf dem Hinflug nach Hummerstrand und seine Kussmund-Blondine! Kann es sein, dass die Blondine Fiona Steinburger nicht einfach nur ähnlich sah, sondern sie es tatsächlich höchstpersönlich war? Und der Dicke im Flugzeug war Satorius? Auf jeden Fall ist eines wohl glasklar: Das TV-Sternchen ist Satorius’ Geliebte!

Flo beugt sich über Bernd, und ich frage mich, was sie da macht, denn ich höre schmatzende und pustende Geräusche. Ich knicke ein paar Spikes zur Seite und traue meinen Augen kaum. Sie presst ihre Lippen auf Bernds blassen Mund und hält ihm dabei die Nase zu.

»Massier ihm die Brust, wir brauchen elektrischen Strom!«, keucht sie zwischen zwei Pustern.

»Flo, hör auf damit!« Die hat eindeutig zu viele Krankenhausserien geguckt! »Er hat nur den Schock seines Lebens. Und bald gibt es auch noch einen heißen Einlauf vom Manager seiner

geliebten Fiona. Das kann einen echten Fan schon mal aus der Sohle hauen.«

»Pfui, Teufel!« Bernd spuckt aus, als hätte er einen Schwarm Gewitterfliegen zwischen die Zähne bekommen. »Mensch, Flo, musste das sein?«

»Ich dachte, du machst den Geier!«

»Den was?«

»Geht's dir wieder besser?«

Bernd schüttelt sich. »Ich glaub's nich'«, haucht er. »Sie war es wirklich, oder?«

Das Appartement

Nachdem Chris Cäcie am nächsten Morgen beim Frühstück gefüttert hat, gehört sie uns. Auch wenn sie ihre Verfolger überhaupt nicht wahrnimmt, tun wir so, als hielten wir uns rein zufällig in ihrer Nähe auf. Eine ganze Viertelstunde lang steht sie im Flur und betrachtet ihre aneinanderreibenden Finger. Auch mein Vater hat kürzlich diese Geste gemacht, als er uns stolz von seiner Gehaltserhöhung berichtet hat. Dann geht es endlich weiter. Cäcie steuert zum Empfang, wo sie freundlich von Frau Mella begrüßt wird. Wie von Geisterhand gleitet die Tür vor ihr auseinander und Cäcie legt ihre nächste Pause ein, lässt eine Weile den warmen Wind über ihr Gesicht wehen. Das Wetter ist traumhaft. Ich setze mich auf die Bank am Eingang zum Parkplatz, Flo hat sich am Minigolfcourt postiert und Bernd zieht sich einen Eistee aus dem Automaten in der Eingangshalle. Als sich unser »Ziel« auf den Weg zu den Personalwohnungen macht, flattert der Zettel auf ihrem Rücken wie ein kleines Segel.

Personaltrakt? Flo hebt verwundert die Augenbrauen und rollt pfeifend auf den Fußweg. Nun ist auch Bernd ins Freie gehumpelt. Im Abstand von mehreren Metern folgen wir Cäcie zu dem roten Backsteinbau, der ein Stück hinter dem Haupthaus liegt.

Privatbereich – Bitte nicht betreten, steht auf einem Schild. Ich war bislang nur einmal hier, weil ich Wencke letztes Jahr unerkannt ein Geburtstagsgeschenk zukommen lassen wollte. Ich hatte mich zu ihrem Appartement geschlichen und ihr einen Muffin und eine Tüte Krabben zum Selberpulen auf die Fußmatte gelegt.

Cäcie stapft durch die Tür des Personalhauses, als folge sie einer festgelegten Route. Auf Hummerstrand gibt es nur wenige verschlossene Häuser. Das kommt daher, dass ein Dieb, der auf einer Insel ein krummes Ding dreht, verdammt gut schwimmen können muss, sonst sitzt er in der Falle.

Mein Handy klingelt. Es ist Bernd: »Wir sichern den Eingang. Du bleibst bei Cäcie, und wenn jemand kommt, schlagen wir Alarm.«

Cäcie ist nicht mehr im unteren Flur, also laufe ich die Treppen hinauf in den ersten Stock. Sie liegt flach auf dem Boden und drückt ihr Ohr in den Teppich, als drängen Stimmen aus den Kunstfasern.

»Was machst du denn hier?«, flüstere ich.

Wie immer nimmt sie keine Notiz von mir. Dann steht sie auf und geht geradewegs in Appartement 12: *Burkhard Bender – Heimleitung*.

Entsetzt starre ich auf das Türschild, doch ich folge ihr. Die Jalousien sind heruntergelassen, nur durch schmale Schlitze dringt Licht in den Raum – meine Augen brauchen einige Sekunden, um sich an die Dunkelheit zu gewöhnen. Es ist angenehm kühl hier. Das Zimmer ähnelt einem Büro, nur dass ein ungemachtes

Bett an der linken Wand steht. Darauf liegen ein Pyjama und Socken. Cäcie hockt nun auf dem Boden vor dem Bett und spielt mit einem Hausschuh. Rechts von mir ist eine Tür. Auch wenn mir das Herz bis zum Hals schlägt, drücke ich auf den Lichtschalter, es ist ein kleines, fensterloses Badezimmer. Gebrauchte Handtücher, ein Bademantel und weitere Kleidungsstücke liegen auf dem Boden. Die gläserne Duschkammer ist geöffnet, ich erkenne ein Shampoo gegen Schuppen, eins gegen Haarausfall. Neugierig schiebe ich den roten Mantel aus Frottee zur Seite, wühle mit dem Fuß in den Sachen herum und bin geschockt: Ein Bündel aus Hose und Hoodie kommt zum Vorschein. Ohne den kompletten Schriftzug zu lesen, weiß ich, dass ich in der Wohnung des *Retters* bin, dem Bad des Klippenmörders, wie Bernd ihn genannt hat.

Schock Nummer zwei: Jemand greift mir in den Rücken.

Ich fahre herum und stoße Cäcie um. Im letzten Moment bekomme ich ihren Arm zu fassen, bevor sie gegen das Waschbecken kracht. Zum ersten Mal schaut sie mich an. Erschrocken, fast vorwurfsvoll.

Schock Nummer drei: Mein Handy klingelt.

»Raus da! Aber zack, zack!«, zischt Bernd.

»Die Streichhölzer sind von Bender. Cäcie ist in seine Wohnung gelaufen. Der *Retter*-Hoodie liegt auch hier. BB war's, todsicher!«

»Lass Cäcie zurück! Capito?«

Meine Lunge – ich hatte sie fast vergessen! Jetzt macht sie den Sack zu. Ausgerechnet diesen Augenblick hat sie sich für

ihre Rache ausgesucht. Ich versuche, genug Puste für die Flucht zu sammeln, aber es herrscht blanker Capri-Alarm. Wo ist mein Spray? Weder in den Vordertaschen noch hinten. Dann muss es eben ohne Luft gehen. Ich habe von Tauchern gehört, die mit einem Atemzug zehn Minuten lang unter Wasser bleiben können. Tauchen ist ein No-Go für mich, und zehn Minuten habe ich auch nicht. Die Angst, die mich plötzlich im Griff hat, ist mir nicht neu. Aber es ist immer wieder schrecklich, weil ich nicht weiß, ob es wieder aufhört. Auf dem Weg durch das Wohnzimmer suche ich weiter nach dem Spray. *Ich habe es doch noch nie vergessen!* Tränen laufen mir übers Gesicht. Ich öffne die Tür zum Flur und höre Schritte auf der Treppe. Da! Seitliche Cargo-Tasche, das Spray! Schnell ein Hub, diesmal wirkt es sofort.

So leise wie möglich ziehe ich die Appartementtür hinter mir zu und verdrücke mich in allerletzter Sekunde hinter eine große Kübelpalme. Die Schritte sind nun schon auf dem Flur. Doch als ich vorsichtig um den Kübel herumschaue, ist niemand mehr zu sehen. Dann wird Cäcie von Bender aus Appartement 12 herausgeschoben.

»Du schon wieder«, sagt er. »Was suchst du nur jeden Tag bei mir?«

Im Schutz der Palme warte ich darauf, dass meine Lunge die Alarmstufen eine nach der anderen herunterschaltet.

Jetzt gibt es keinen Zweifel mehr: Es war Bender, der sich auf den Klippen mit dem Rechtsanwalt gestritten hat. Er hat ihn hinuntergestoßen – oder zumindest geschubst. Trotzdem steckt er mit Satorius unter einer Decke, denn warum sonst hätte der ihm die Streichhölzer mit seiner Nummer geben sollen? Das passt alles noch nicht so richtig zusammen. Trotzdem: Bender ist der Verräter! Aber wer wird mir das glauben? Ich bin ja nur ein Junge, der *Lunge* hat, und sich Geschichten gegen die Langeweile ausdenkt. Aber wenigstens bin ich nun nicht mehr alleine. Flo und Bernd halten zu mir, zu dritt werden wir Licht ins Dunkel bringen.

Ich lehne mich gegen den Kübel und schaue aus dem breiten Fenster. Eine Möwe schwebt schaukelnd wenige Meter hoch im Wind. Ich denke: *Wie toll sie das kann, dazu braucht sie eine topp Lunge, keine Frage. Mit so einem Montagsmodell, wie ich es in meiner Brust habe, hebst du als Möwe nicht mal ab. Da bleibt dir nichts, als zu Fuß die verlorenen Pommes vorm Hafenimbiss aufzupicken.* Ich bekomme eine SMS, und in derselben Sekunde kackt der Vogel einen großen Klecks gegen die Scheibe.

Fatelko! Sofort!

Mama

Und dann ruft sie auch schon an.

»Jem, ich bin's«, stößt sie hektisch hervor. »Du musst jetzt ganz stark sein!«

Ausgerechnet jetzt!

»Papa ist verschollen. Er hat eine Wandergruppe durch eine Bergschlucht führen wollen. Doch sie sind nicht wieder aufgetaucht. Irgendetwas Schreckliches muss passiert sein.«

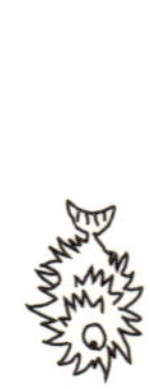

»Seit wann ist Papa Bergführer?«, frage ich, ohne mir gleich über die Tragweite der Neuigkeit klar zu werden.

»Er meinte, eine Schlucht sei schließlich kein Berg, und er hat doch kürzlich diesen Online-Kurs absolviert. Mein Kopf zerplatzt gleich.«

Dann schluchzt sie laut in den Hörer.

»Beruhige dich, Mama, es gibt doch sicher einen Rettungshubschrauber, der nach ihm suchen kann.«

»Ja, Jem, aber wegen der Finanzkrise hier in Griechenland ist er nicht gewartet worden und steht nun kaputt herum. Auf dem Handy ist Papa auch nicht erreichbar.«

»Haben die was zu essen mitgenommen?«

»Ja!«

»Gibt's dort Wasser?«

»Einen Fluss!«

»Wie ist das Wetter?«

»Schön!«

»Ich würde sagen, dann stehen die Chancen nicht so schlecht, dass er zurückkommt.«

»Aber wenn sie abgestürzt sind, was dann?«

Daran habe ich bei einer Schlucht nicht gedacht. So könnte es passiert sein: Er hat die Gruppe seitlich an der Schlucht entlanggeführt, sie sind abgerutscht und haben sich verletzt. Bei der Vorstellung wird mir ganz schlecht.

Bis heute hatte ich es nicht für möglich gehalten, dass meinem Vater auch nur das Geringste zustoßen könnte. Schließlich funktioniert bei ihm alles einwandfrei. Er hat weder *Lunge*, noch *Kopf,* noch sonst was – gut, die Knie. Trotzdem ist er ein Sondermodell mit Extra-Ausstattung. Jetzt liegt er irgendwo hilflos herum und hofft, dass bald jemand kommt, um ihn und die anderen zu retten.

»Jem, ich kann nicht weg von hier«, seufzt Mama. »Das verstehst du doch.«

Ich nicke, ohne was zu sagen.

»Liebling, sobald ich was Neues erfahre, melde ich mich sofort bei dir, versprochen!«

Dann legt sie auf.

Seltsamerweise hält meine Lunge völlig still, obwohl es jede Menge Grund zur Panik gibt. Ist das nun ein gutes oder ein schlechtes Zeichen? Manchmal weiß sie mehr als ich. In meiner Tasche finde ich die Dose Handcreme. Ich drehe den Deckel ab und nehme einen tiefen Zug. Sofort verbreitet sich ein angenehmes Gefühl in meinem Körper, der Trick funktioniert meistens. Es ist fast so, wie als kleiner Junge in ein dickes Frotteetuch gehüllt aus der Badewanne gehoben zu werden. Ich schließe die Augen und lege mich auf den Teppich. Hinter dem Kübel kann mich keiner sehen. Es fällt mir schwer, die Bilder von meinem vermissten und vielleicht sogar verletzten Vater zu vertreiben. Trotzdem stelle ich mir vor, seine Stimme zu hören.

»Alles okay, Jem, Entwarnung. Ruhe dich eine Weile aus. Du warst so mutig, da hast du dir ein Schläfchen verdient.«

Es tut gut, auch wenn er das in Wirklichkeit niemals sagen würde.

Der Fall Severin

»Jem, wach auf!«

Ich öffne die Augen.

»Sevi ist beklaut worden!«

Neben mir kniet Bernd. Er schnieft.

»Bender hat das Teleskop und den Laptop gestohlen!«

Ich schaue mich um. Wo bin ich? Wie spät mag es sein? Mein Blick fällt auf die Möwenscheiße. Das Wetter hat sich verändert. Dunkle Wolken verdecken die Sonne, doch noch ist es trocken. Ich frage mich, ob der Regen den Klecks wegwaschen wird.

»Mensch, Jem, wie konntest du hier eine ganze Stunde lang schlafen? Mitten in der Höhle des Löwen? Du musst lebensmüde sein!«

»BB hat Sevi beklaut?«, wundere ich mich benommen.

»Na klar! Wer denn sonst? Ihm gehört der *Retter*-Hoodie, er war auf den Klippen, du hast das Beweisstück doch selbst bei ihm gefunden!«

Jetzt erinnere ich mich. Und dann fällt mir auch mein Vater wieder ein. Die ersten Regentropfen klatschen gegen die Scheibe. Am liebsten würde ich einfach hier liegen bleiben und bis zum Ende der Ferien schlafen. Schlimmer kann es nicht mehr werden. Kaum einer von den Erwachsenen ist noch übrig, den ich um Hilfe bitten könnte. Papa ist verschollen, Mama steht kurz vor einem Nervenzusammenbruch, Nissen glaubt mir nicht, und nun ist auch noch der Heimleiter als Verräter und möglicherweise sogar als Dieb und Mörder entlarvt.

»Bernd, hör zu«, flüstere ich und er kommt mit seinem Ohr ganz nah heran. »Wir müssen Schwester Wencke einweihen. Nur sie kann uns jetzt noch helfen.«

Sevis Nerven liegen blank wie Litzen ohne Gummi. Bleich starrt er abwechselnd zwischen der Stelle, wo bislang sein Interstellar Geographic gestanden hat, und dem Schreibtisch der ohne Laptop irgendwie seine Daseinsberechtigung verloren hat, hin und her. Vor dem Fenster ist der Himmel fast schwarz, obwohl es gerade mal Kaffee- und Kuchenzeit ist.

»Wem hast du von der Sache erzählt?«, will ich wissen.

»Niemandem. Ich schwöre es«, antwortet er kraftlos.

Seine verheulten Augen schwimmen wie Kirschen in Gelee hinter den dicken Brillengläsern. Als es blitzt, zuckt er zusammen. Eigentlich besteht mein Zimmergenosse nur aus Haut und Knochen, was mir erst jetzt so richtig klar wird. Beim unausweichlichen Donner fährt es ihm wieder in die Glieder.

Ich sitze auf der Bettkante und versuche herauszufinden was hier geschehen ist. Mein Kopfkissen ist wieder heil, das Bett frisch bezogen, nirgendwo liegt ein Körnchen Staub. Nur meine Puschen stehen nicht mehr unterm Waschbecken, sondern im Schrank. Ich kann es einfach nicht ausstehen, wenn sich jemand in meine Ordnung einmischt und alles durcheinanderbringt.

Aber das ist den Putzfrauen ja piepegal. An meinen Sachen war der Dieb nicht interessiert, es ist alles noch da.

»Also weiß niemand im Haus von dem Film?«, frage ich eindringlich.

»Nee, keiner hier.«

»›Keiner hier‹, was soll das heißen? Etwa irgendjemand außerhalb vom Hoz?

»Jo.«

»Wer?«

»Julchen.«

»Julchen?«

»Meine Schwester.«

»Hä?«

»Wir haben telefoniert, aber dann ging's nicht mehr, weil es so laut war.«

»Laut?«

»Der Staubsauger. Jäcki hat sauber gemacht. Erst hat sie nur geputzt, aber dann …«

Sevi hält sich die Hände vor die Ohren. Ich schlag die Hände vor die Augen, fehlt nur noch der dritte Affe, der sich den Mund zuhält.

»Du meinst, Jäcki hat alles mitangehört, bis sie den Staubsauger angeworfen hat?«

»Ist doch nur Jäcki!«, startet Sevi einen schwachen Verteidigungsversuch. Aber dann erkennt er, welche Dummheit er begangen hat. »Oh, nein, ich Idiot.«

Irgendwie muss ich ihn trösten, auch wenn es mir schwerfällt. »Ich gehe davon aus, dass deine Sachen noch hier im Haus sind.«

»Dann lass uns danach suchen, Jem, sofort!«

»Der Dieb muss der Schubser auf den Klippen sein, und er weiß, dass du die Aufnahme gesehen hast. Dieser Kerl ist mordsgefährlich. Also dürfen wir keine weiteren Fehler machen. Klar?«

»Oki.«

Ich verschweige Sevi, dass es sich bei dem Täter um BB handelt, denn das würde ihm den Rest geben.

Im Speisesaal surren alle Neonröhren, so dunkel ist es draußen. Es gibt Schoko-Muffins – das erste Highlight dieses schauerlichen Tages.

Flo und Bernd sitzen mir gegenüber. Wenn wir miteinander sprechen, halten wir die Hände vor unsere Münder. Bernd hat das bei den Fußballprofis abgeschaut.

»Lippenlesen – alle wollen ihre Taktik rausfinden«, hat er uns erklärt.

Flo schüttelt die Spikes. »BB. Ich kann es immer noch nicht glauben.«

»Ich fasse die Lage mal zusammen«, sagt Bernd. »Satorius will unser Haus abreißen lassen, und er hat Bender mit schicken Klamotten und einem Besuch in einem seiner Hotels belohnt.«

Ich: »Wofür belohnt? Der ist doch seinen Job los, wenn hier ein Hotel entsteht.«

»Für seine Kooperation«, antwortet Bernd und beißt ent-

schlossen in seinen Muffin. »Er soll uns Honig um die Bärte schmieren, damit wir stillhalten und keinen Aufstand machen.«

Flo zieht die Nase kraus. »Einen Aufstand?«

»Eine Hausbesetzung oder einen Hungerstreik oder so was«, murmelt Bernd kauend. »Von wegen, er sucht für jeden von uns einen schönen Ersatzkurplatz, dass ich nicht lache. Hahaha!«

Dunkle Krümel sausen mir durch seine Finger entgegen, aber ich kann rechtzeitig ausweichen.

»Und wieso hat BB dann den Anwalt runtergeschubst?«, will Flo wissen.

»Vielleicht hat BB weitere Forderungen gestellt, einen gut bezahlten Job im Hotel zum Beispiel. Und der Anwalt hat an Satorius' Stelle abgelehnt«, spekuliert Bernd. »Bender ist gierig geworden. Bei Erpressern läuft es immer so ab, die kriegen den Hals einfach nicht voll.«

»Für Klamotten und Schuhe hat er uns verraten, ist das zu fassen?«, schimpft Flo, sodass alle es hören können.

Bernd tippt hektisch auf die Hand vor seinem Mund. »Aufpassen, Flo!«

»Jedenfalls hat BB nun auch noch Sevi bestohlen«, sage ich. »Daran gibt es nichts zu rütteln.«

»Dann muss Jäcki ihm von Sevis Telefonat erzählt haben. Seltsam, die reden doch sonst nicht miteinander«, hält Flo dagegen.

Bernd schnalzt ein paarmal mit der Zunge.

Dann sagt er: »Irgendwie ist es ihm zu Ohren gekommen. Würde mich nicht wundern bei Jäckis rasendem Labertempo.

Was du vorhin gesagt hast, Jem, stimmt: Ab jetzt können wir nur noch Wencke vertrauen.«

Flo prustet leise: »Nur, wenn Wencke und Bender nicht unter einer Decke stecken.«

»Niemals!«, protestiere ich.

Sie beugt sich zu mir. »Wahrscheinlich schmeißt er sich in letzter Zeit extra ihretwegen so in Schale.«

»Mal Fische an die Butter, Jem: Irgendwie höre ich da auch schon Hochzeitsglocken«, legt Bernd noch einen drauf.

Die haben doch 'nen Knall, denke ich wütend. »Ausgeschlossen. Die steht nicht auf Männer mit Bauch und Platte.«

Der Regen prasselt jetzt in so dichten Schwaden gegen die Scheibe, als wäre das ganze Hoz ein Schiff im Sturm.

Verraten und verkauft

Es ist wieder trocken. Der Himmel ist strahlend blau und benimmt sich, als könne der Tag – jetzt am frühen Abend – wieder von vorne beginnen. Die Tür zum Dienstzimmer steht halb offen. Flo hat es von uns dreien als Erste erreicht. Sie macht das Telefonsymbol mit den Fingern, als ich und der schniefende Bernd sie einholen, von drinnen hören wir Wenckes Stimme. Wir drängeln uns neben die Tür, und ich schnappe mir eine der Wasserflaschen vom Getränkewagen. Ich versorge uns mit Gläsern, damit alle auf dem Flur glauben, wir würden uns einen Drink an der Stationsbar genehmigen.

»Aber Burkhard, ich dachte, die Investoren und der Architekt stehen geschlossen hinter dem Projekt«, hören wir Wencke. »Wie viel fehlt denn noch? Dabei wäre ein Neubau doch so wichtig. *Haus Horizont* ist echt ein alter Kasten, völlig unmodern.« Kurzes Schweigen. »Du hast ja recht, ein Hai ist das Letzte, was wir jetzt gebrauchen können.«

Wir rücken ganz nah an die Tür und spitzen die Ohren.

»Dann bin ich ja beruhigt. Höchste Zeit, dass sich hier was ändert«, sagt Wencke entschlossen. »Wir schaffen das. Es ist ja schon abgemacht, du übernimmst die Leitung und ich …«

»Autsch! Aaah!«, schreie ich vor Schmerz auf. Einer von Flos

Spikes ist mir direkt ins rechte Auge gestochen. »Die sind ja spitz wie Nägel!«

Es brennt wie Feuer – Tränen quellen heraus, als wollten sie den Brand löschen.

»Burkhard, ich muss auflegen«, sagt Wencke und dann stürzt sie auch schon auf den Flur.

Stöhnend halte ich eine Hand vor mein Auge. Am liebsten würde ich mich auf den Boden werfen und laut losplärren wie ein Kleinkind im Supermarkt. Dabei weiß ich nicht, was schlimmer ist: Wenckes Verrat oder der pochende Schmerz.

»Jem, meine Güte, was ist passiert?«, will Wencke wissen und zieht meine Hand fort, um nachzusehen.

»Nichts, lassen Sie mich«, presse ich hervor und hole mir meine Hand zurück.

Plötzlich finde ich ihre Sommersprossen nicht mal mehr »hübsch-hässlich«, so wie Sevi. Nein, ich will sie auf keinen Fall berühren. Bevor Wencke mich ins Behandlungszimmer zerren kann, schleppe ich mich einäugig Richtung Ausgang. Bernd und Flo folgen mir. An der Stationstür horche ich kurz, ob Wencke uns hinterherläuft, doch sie ruft nur: »Jetzt bleibt doch stehen! Jem, dein Auge, ich muss mir das ansehen!«

Doch ich denke gar nicht daran, anzuhalten. Bloß weg von hier! Denn damit haben wir nun wirklich nicht gerechnet: Wencke macht gemeinsame Sache mit Bender. Was sie gesagt hat, beweist außerdem, dass sie eine Komplizin dieses Satorius und seiner Investoren ist. Selbst ihre Stimme finde ich mit einem Mal grässlich. Noch bevor wir an Frau Mella vorbei sind, verstehe

ich alles: BB und Wencke wollen auch weiterhin auf Hummerstrand bleiben. Er als Hotelleiter, und sie – wahrscheinlich – als seine Assistentin. »Modern« soll alles werden, und das natürlich ohne uns, wir sind denen nicht mehr fein genug. Wer will sich schon ewig mit Spastis, Lungen, Brabblern, Rücken und sonstigen Trotteln abgeben.

Erst als wir außer Sichtweite des Hauses sind, halten wir an, und ich lasse mich in das Gras am Straßenrand fallen. Flo und Bernd sollen nicht sehen, wie hundsmiserabel es mir geht, also drehe ich mich zum Meer. Mein Auge tut höllisch weh, ich glaube, es ist kaputt.

»Ultrastrong-Gel und Haarspray«, sagt Flo, und ich kann förmlich hören, wie sie dabei zerknirscht den Blick senkt. »Sonst hält es nicht.«

»Ist nicht deine Schuld«, flüstere ich brüchig. Und dann – das ist krass – höre ich mich selber sagen: »Ich glaube, ich steige aus.«

Flo schaut so geschrottet aus der Wäsche wie ich mich fühle. »Aber wieso? Dietmar hat doch gesagt ...«

»Dietmar hat vielleicht irgendeine Idee, wie er das Hoz retten könnte, okay. Aber Dietmar ist im Knast, oder? Der kann uns nicht mehr helfen.«

»Das stimmt, Jem«, mischt sich Bernd ein. »Trotzdem ...«

»Was, trotzdem? Es gibt keinen Erwachsenen mehr, dem wir noch trauen können, schon vergessen? Niemand hält zu uns!«

Die beiden sehen sich an, unsicher wie sie mit mir umgehen sollen. Aber ich weiß selber nicht, wie ich mit mir umgehen soll. Nur, dass gerade eben irgendwas kaputtgegangen ist. *Drei Behin-*

derte gegen den Rest der Welt, haha! – Das kommt mir auf einmal nur noch lächerlich vor.

»Soll das heißen, du bist nicht mehr im Team?«, fragt Flo leise.

Mein ganzer Körper fühlt sich an, als hätte ich eine Rolle Stacheldraht verschluckt. Aber ich nicke stumm.

Bernd schnieft ausgiebig. Das bedeutet, dass er konzentriert nachdenkt, und ich rechne fest damit, dass er mich mit einer weiteren »großartigen« Idee umstimmen will. Und tatsächlich.

»Ich könnte mir vorstellen …«, setzt er an.

Doch plötzlich hören wir ein knatterndes Geräusch und er verstummt wieder. Sekunden später kommt Hähnchen auf ihrer Jawa Babetta, einem uralten Mofa, um die Kurve gefahren.

Sie hält an und rümpft die Nase. »Du schon wieder, Jeremia Jacobs. Was ist mit deinem Auge passiert?«

»Nichts. Lassen Sie mich in Ruhe!«, antworte ich so böse, wie ich kann.

Hähnchen zeigt auf den Gepäckträger. »Das muss behandelt werden.«

Auf ihre brutal helle Bürolampe, heiße Geflügelzangen und sonstigen Folterwerkzeuge kann ich gut verzichten.

»Nein!«

»Ich tu dir nix, komm jetzt, bevor sich das entzündet. Du hast doch schon genug mit deiner Lunge zu schaffen. Willst du auch noch blind werden?«

»Sie hat recht«, meint Flo. »Das sieht gar nicht gut aus.«

Wenige Augenblicke später umfasse ich von hinten Hähnchens runden Bauch und huste den Ruß aus dem Auspuff der

ächzenden Babetta wieder aus. Als ich mich kurz umdrehe, sehe ich, wie Flo und Bernd mir mit den weißen Servietten hinterherwinken, als wären wir immer noch ein Team. Aber mein Entschluss steht fest.

Hähnchen hat alles Notwendige in eine weiße Petrischale gepackt und ist damit zu mir in den Folterkeller zurückgekehrt. Mit einem Auge habe ich in der Zwischenzeit herausgefunden, dass es in den kommenden Tagen eine Leckerei nach der anderen geben wird: Spaghetti-Bolo, Kapü-Schnitzel, Salami-Pizza, Burger und so weiter. Kaum zu glauben. Jäcki hat mal behauptet, Hähnchen sei für die Speisepläne verantwortlich. Schlägt in diesem Ungeheuer etwa doch ein menschliches Herz? Sie begutachtet die Verletzung und legt einen Tupfer mit kühlender Flüssigkeit darauf. Ich zucke zurück, unsicher, ob ich ihr meinen Augapfel anvertrauen darf.

»Tut mir leid wegen neulich Nacht«, brummt sie. »In der Kammer fehlt nix, ich hab's kontrolliert.«

»Ach, nee.« Noch kann sie mich mal.

»Ich will dich dort aber nie wieder sehen! Ab sofort ist die Verwahrkammer Sperrgebiet für dich. Ist das klar?«

»Jaja, versprochen.«

Dann hebt sie vorsichtig den Tupfer und sagt: »Ich bin zwar kein Klüsendoktor, aber kaputtgegangen ist nix. Kannste denn alles erkennen, Kleiner?«

Ich schaue durch die Scheibe in die Küche, wo gerade das Abendessen vorbereitet wird.

»Ja. Geht wieder. Tut aber noch sauweh.«

Sie löst eine Schmerztablette für mich auf, dann schiebt sie mich zum Fahrstuhl.

»Irgendeinen Wunsch?«, brummt sie, während wir auf die Kabine warten.

»Hä?«

»Was isst du am liebsten?«

»Hähnchen.«

Bernds Plan

»Sie haben Papa gefunden! Alle sind wohlauf. Offenbar hatten sie sich verirrt, und dann ist Papa auch noch gestolpert und hat sich den Kopf aufgeschlagen. Er war wohl komplett weggetreten.« Meine Mutter klingt erleichtert. »Wenn die Gruppe erst mal geborgen ist, wird er noch für ein paar Tage zur Beobachtung ins Krankenhaus gebracht.«

»Wie kann man sich in einer Schlucht verlaufen?«, wundere ich mich. Ich schaue kurz auf das Display. Kurz vor acht, Freitagabend.

»Ist doch egal, Jem, Hauptsache, er lebt! Er und die anderen haben zwar eine Weile gehungert und nachts gefroren, denn sie mussten im Freien kampieren, aber der Hubschrauber funktioniert nun wieder und holt sie ab.«

Kurz darauf legen wir auf.

Seit zwei Tagen hocke ich lustlos in Jogginghose und Schlaf-T-Shirt auf meinem Zimmer. Meistens alleine, denn Sevi kommt nur zum Schlafen vorbei. Bernd hat sich nicht blicken lassen. Nur Flo hat mich gestern besucht, aber viel geredet haben wir nicht. Die Vorbereitungen für das große Fest am Samstag seien in vollem Gange, hat sie berichtet. Die Lieferwagen und Lkw stauten sich bis weit auf die Straße. Sogar eine Band würde spielen! Während die *Titanic* gesunken ist, hat auch eine Band Musik gemacht, habe ich müde geantwortet, bis zum letzten Atemzug. Und dieses Mal ist es unser Untergang, zu dem gesungen, getrommelt und getanzt wird.

Checken die anderen eigentlich immer noch nicht, dass es fürs Hoz keine Rettung gibt?

Vor Flos Besuch hatte Dr. Timm mein Auge untersucht und Entwarnung gegeben. Lediglich Tropfen hat er mir verschrieben. Doch viel hätte nicht gefehlt, und mein Glubscher hätte auf Flos Spike gesteckt, wie Schaschlik auf dem Spieß.

»Deine Frisur ist lebensgefährlich«, habe ich ihr zum Abschied gesagt.

»Ist ja gut, ich hab's kapiert!«, hat Flo genervt geantwortet, und die Tür laut zugezogen.

Danach habe ich so viel wie möglich geschlafen.

Jetzt, da sie meinen Vater gefunden haben, fühle ich mich noch erledigter als zuvor. Wie ein schlaffer Tintenfisch hänge ich auf meiner Matratze. Manchmal machen einen die guten Nachrichten müder als die schlechten. Das liegt wohl daran, dass man so lange darauf gewartet hat. Draußen vor meiner Tür tobt das Leben, aber nach allem, was passiert ist, will ich niemanden sehen, schon gar nicht Wencke oder BB. Am liebsten für den Rest meines Aufenthalts nicht mehr. Ich überschlage im Kopf, dass ich mit den noch verbleibenden zwei Wochen circa 20.000 Minuten hinter mich bringen muss, bevor Johann mich zum letzten Mal wieder aufs Festland fliegt. Wo Papa mich wohl im nächsten Jahr hinschickt? Er hat ja genug Geld, um mir was Schickes zu

buchen. Aber für Flo und Bernd, Sevi, Elvis, Cäcie, Brabbel, Paul und all die anderen ist es echt schlimm, dass sie das Hoz abreißen. Flo hat mir erzählt, dass sie im achten Stock eines Hochhauses lebt. Der Aufzug ist oft kaputt, und deshalb kann sie manchmal tagelang nicht raus. Ihre Eltern verdienen wohl nicht so viel. Bei Sevi sieht die Sache anders aus. Er wohnt in einem tollen Haus in Stuttgart, aber dort ist die Luft meistens so dicke, dass er kaum atmen kann. Und Bernd behauptet, seine Eltern würden ihm manchmal sogar Krankheiten andichten, damit sie ihn wochenlang in ein Krankenhaus abschieben können. Hoffentlich hat er sich das nur ausgedacht. Kein Wunder, dass er sich eine Rakete zum Abhauen wünscht. Ich bin sicher, er hat genug grauen Kleister in seinem Oberstübchen, um ein erfolgreicher Ingenieur zu werden. Die Shuttles und Raumgleiter, die er entwirft, sehen aus, als bräuchten sie nur noch gebaut und in den Himmel geschossen zu werden. Vielleicht wird er sogar mal berühmt, so wie dieser Stephen Hawking. Der Astrophysiker regelt alles von seinem Rolli aus. Dabei kann der nicht mal mehr sprechen!

Moment mal! Aus irgendeinem Winkel meines Hirns fällt plötzlich ein verschollenes Puzzleteil an seinen Platz. Endlich weiß ich, was in Bernds Zimmer anders war, als unser Einsatzteam sich heimlich dort getroffen hat: An der Wand hing eine Zeichnung, die deutlich zwischen den anderen hervorstach und vorher nicht da gewesen war. Wieso bin ich nicht gleich darauf gekommen? Diese Zeichnung war alt und vergilbt und konnte daher unmöglich von Bernd stammen. Es war der Bauplan aus Dietmars Schreibtisch! Was sonst? Bernd hat ihn vermutlich mitgehen lassen, als die Polizei auf dem Hof auf uns gewartet hat. So ein Schlitzohr. Warum hat er das gemacht? Aus reiner Neugier? Oder hat er etwas vor damit? Vielleicht will er ja den Hai als kleines Modell nachbauen. Würd mich nicht wundern, wenn er es langsam leid ist, immer nur Pläne anzufertigen.

Halt! Ist es möglich, dass er Dietmars Hai-Modell reparieren will? Bernd ist zwar völlig durchgeknallt, aber das würde er sich nicht trauen, oder? Doch eigentlich ist Spasti alles zuzutrauen!

Auf jeden Fall muss ich es ihm dringend ausreden, bevor er sich in Gefahr begibt. Das Ding kann schließlich jederzeit absaufen. Höchste Zeit, meine muffige Zelle zu verlassen und Bernd einen Besuch abzustatten.

Ich klatsche mir kaltes Wasser ins käsige Gesicht, reiße die Fenster auf und ziehe mir ordentliche Klamotten an. Es fühlt sich gar nicht so schlecht an, wieder unter den Lebenden zu sein.

Auf dem Flur ist alles ruhig. Ich renne ins Erdgeschoss und klopfe an Bernds Tür. Nichts, keine Reaktion. Also schleiche ich in sein Zimmer. Es ist leer, Bernd ist verschwunden. Seine Schuhe stehen nicht neben seinem Bett, der Computer ist weg und noch etwas fehlt: der vergilbte Haifischbauplan. Die Lücke an der Wand schreit mich förmlich an. Seltsamerweise liegt sein Fernglas noch auf dem Nachtschrank, ich hänge es mir um den Hals und verberge es unter meinem Pullover.

Ich muss so schnell wie möglich Flo von meinem Verdacht erzählen, doch ich kann sie nirgends entdecken. Nicht in ihrem Zimmer und auch sonst nirgendwo im Haus.

Auf der Flucht

Niemand achtet auf mich, als ich mich aus dem Kurheim schleiche. Alle beobachten gebannt die Handwerker und Techniker, wie sie Partyzelte, Bühnen, Lampen und Lautsprecher für die Feier am nächsten Tag im Kurpark aufbauen. Die Männer verlegen sogar brandneuen Teppich in den Zelten und auf den Wegen, damit die feinen Herrschaften morgen keine sandigen Füße kriegen. Mit offenen Mündern staunen die Hozis über den gewaltigen Aufwand, den dieser Satorius betreibt, als hätte man sie geblitzdingst, wie in *Men in Black*. Es scheint, als hätten sie den miesen Anlass der Feier total vergessen! Sogar Elvis und seine steifen Kumpels strampeln auf ihren fahrbaren Liegen vor Aufregung mit den Füßen. Das kann ich nicht länger ertragen. Ich laufe vorbei an den vielen Trucks – auch draußen von Flo keine Spur – und nehme die kleine Straße Richtung Dorf. Tintige Wolken huschen über den ansonsten klaren Abendhimmel. Der Wind ist angenehm warm und schon bald schwitze ich in meiner Outdoor-Jacke. Aber auf einer Hochseeinsel wie Hummerstrand ist das Wetter bekanntlich unberechenbar.

In diesem Moment flammt das Licht des Leuchtturms auf der südwestlichen Landspitze auf. Wie jeden Freitagabend wird er in Gang gesetzt, damit die Wochenendtouristen sich wie richtige

Insulaner fühlen dürfen. Nach etwa dreihundert Metern fängt sich sein Licht in den Katzenaugen eines Gefährts, das ein Stück vor mir unterwegs ist. Kann das Flo in ihrem K3-Hurricane sein? Hat sie etwa im gleichen Moment wie ich erkannt, dass Bernd alleine zur Werft gewatschelt ist? Die Katzenaugen haben es mächtig eilig und ich muss einen gewaltigen Zahn zulegen, um mir Gewissheit zu verschaffen. Plötzlich höre ich Schritte, jemand läuft fast im selben Takt wie ich. Tapp, tapp, tapp, die Situation lässt nur einen Schluss zu: Ich werde gejagt!

Hinter mir reflektieren die Streifen auf den Turnschuhen meines Verfolgers und vor mir die Katzenaugen. Das Fernglas schlägt auf meine Brust, meine Lunge schaltet auf Alarmstufe zwei, was bedeutet, dass ich noch eine Weile so weiterrennen kann, aber nicht mehr lange. Mein Herz rast, Angst packt mich. Trotzdem gebe ich noch mehr Gas. Das Gefährt vor mir ist ein Rolli, und jetzt fällt das Licht des Leuchtturms auf Flos neonpinke Spikes. Auch sie will offensichtlich nicht tatenlos zusehen, wie Bernd sich ins Unglück stürzt. Mein Verfolger scheint sein Tempo zu halten, offenbar hält er mich für eine sichere Beute. Jetzt muss ich die letzte Reserve auspacken und Flo erreichen, dann sind wir wenigstens zu zweit. Noch zehn Meter.

»Flo! Ich bin's, Jem!«

Ohne anzuhalten, schaut sie sich um. Ich hole noch ein Stück auf, dann erkenne ich helle Panik in ihren Augen.

»Spring auf, schnell!«, keucht sie. »Es ist der *Retter*!«

Ich laufe vor den Rolli, lasse mich rückwärts hineinfallen und lande auf Flos Beinen. Sofort beschleunigt sie wieder. Dreht

flink mit den Händen, die in Sporthandschuhen stecken, an den Rädern. Es geht leicht bergab, wie gut, dass ihr K3-Hurricane eine echte Rennmaschine ist.

Als ich nicht mehr befürchte, bei jeder Delle im Asphalt herunterzufallen, hole ich das Fernglas hervor. Fast verrenke ich mir den Hals, doch ich brauche Gewissheit.

»Pass auf meine Haare auf!«, warnt mich Flo.

Zwischen zwei Spikes stelle ich das Fernglas scharf. Es schaukelt gewaltig, doch nach wenigen Sekunden sehe ich unseren Verfolger wie unter einer Lupe. Die Kapuze liegt eng um den Kopf. Die Gesichtszüge sind von der Anstrengung verzerrt, es ist unser Heimleiter, es ist Burkhard Bender. *Retter* steht auf seinem Hoodie. Jetzt hält er sich mit einer Hand die Seite. Schon wird er unscharf im Fernglas, ich regele noch einmal nach und sehe, wie er stehen bleibt. Er stützt sich auf den Knien ab, die Luft ist ihm ausgegangen.

»Flo, wir haben ihn abgehängt.«

Nach weiteren hundert Metern bremst Flo auf normale Laufgeschwindigkeit und hinter der nächsten Kurve stoppt sie. Eine Weile japsen wir zurückgelehnt nach Luft, bis unsere Herzschläge sich beruhigt haben.

»Glaubst du, er hat uns erkannt?«, fragt Flo.

»Mich vielleicht nicht, aber mein Kopf leuchtet ja auch nicht wie ein explodierter Weihnachtsstern.«

Plötzlich wird mir klar, wie lange ich schon auf ihr sitze, also steige ich ab.

»Sorry, ich bin bestimmt sauschwer.«

»Nee, mehr spitz und knochig. Der Haifisch-Bauplan – du hast ihn auch an Bernds Wand gesehen, oder, Jem?«

»Ja, aber ich habe zu langsam geschaltet.«

»Ich auch. Erst heute, nachdem ich mir den Film *Der Weiße Hai* im Netz reingezogen habe, habe ich begriffen, was Dietmar vorgehabt hatte und was Bernd vollenden möchte«, sagt Flo.

»Und?«

»In dem Streifen jagt ein riesiger Hai den Urlaubern einen solchen Schrecken ein, dass sie sich nicht mehr ins Meer trauen. Keiner will noch seine Ferien an diesem gefährlichen Ort verbringen«, erklärt sie mir.

»Du meinst, Dietmar hat den Hai fertig gebaut, um das Gleiche am Strand vor dem Hoz zu versuchen? Das ist genial«, staune ich.

»Na klar! Erinnerst du dich, wie sauer BB geworden ist, als der Hai während seiner Begrüßungsrede aufgetaucht ist?«

Ich nicke. »Jetzt wissen wir auch warum. Ein Hai vor Hummerstrand kann all seine Pläne zunichte machen.«

Im Dorf tobt ausnahmsweise der Bär. Zum jährlich stattfindenden Fischerfest sind einige Touristen über Nacht geblieben und schieben sich nun gegenseitig über die Promenade. In der Kurmuschel spielt eine Band. Ich würde gerne zuhören und ein bisschen mitwippen, aber wir haben keine Zeit. Da wir sozusagen echte Insulaner sind, und das Dorf schon ausgiebig erkundet haben, kennen wir natürlich die besten Schleichwege und lassen es schnell hinter uns. Bald hören wir nur noch den Wind

und das Rauschen der Wellen unten am Strand. Die Straße zur Werft ist ziemlich verdreckt. Ich schiebe Flo, denn unsere Flucht hat sie viel Kraft gekostet. Hinter der nächsten Biegung müsste gleich die Werft zu sehen sein.

»Sag mal, Jem. Darf ich deine Adresse haben?«, fragt sie mich. »Ich meine, jetzt, da sie *Haus Horizont* schließen wollen, sehen wir uns vielleicht nie wieder.«

»Klaro«, antworte ich, ohne zu zögern. »Du musst mir unbedingt schreiben!«

»Ich könnte dich ja mal besuchen, oder?«

Damit habe ich nicht gerechnet. Was würde mein Vater zu einer Rolli-fahrenden Punkerin sagen? Bei ihm muss doch immer alles gepflegt und picobello sein. Beim Autokauf und der Gestaltung unseres Gartens legt er mehr Wert auf die Meinung der Nachbarn als auf meine und die von Mama. Ich überlege oft, ob es ihm nicht insgeheim peinlich ist, dass ich nicht richtig funktioniere. Er hätte sicher lieber einen Jungen, der genauso stark, sportlich und erfolgreich ist wie er. Irgendwann wird er erkennen, dass ich ein ganz normaler Junge bin, der alles erreichen kann. Doch wenn ich ihm Flo als meine Freundin präsentiere, macht mich das wieder zu Jem, dem Außenseiter, der *Lunge* hat. Dem Schwächling, den er nicht mal mit in den Urlaub nimmt. Dann bin ich wieder auf der Seite derer, bei denen irgendwas nicht stimmt. Doch mit jeder Sekunde, die ich Flo auf eine Antwort warten lasse, wächst mein schlechtes Gewissen. Ich mag sie total gerne. Als wir zusammen auf dem Rolli geflohen sind, bin ich ihr so nahe gekommen wie keinem Mädchen jemals zuvor.

Das hat sich komisch angefühlt, aber ich bin mir sicher, dass ich es niemals vergessen werde.

»Jederzeit! Unser Haus ist groß genug, und Treppen gibt es auch keine. Bleib, solange du willst«, sage ich und spüre, wie ein schweres Gewicht von meiner Brust fällt. »Die Adresse schreibe ich dir auf. Und bring Spasti mit.«

Gabba, gabba, hey!

Der Wahnsinnige hat das Polizeisiegel einfach zerstört. Gut, es ist nur ein lila Aufkleber und davor flattert rot-weißes Absperrband, auf dem *Tatort – Betreten verboten*! steht. Aber ein Siegel bleibt ein Siegel, das ist fast so schlimm wie Einbruch. Andererseits, wie hätte Bernd sonst auf das Gelände gelangen sollen?

Mit eingezogenen Köpfen schleichen wir an der *Vorwärts* vorbei. In Dietmars Wohnraum brennt Licht. Die Tür ist offen und wir schauen uns vorsichtig um. Auf dem Tisch sehe ich eine neue Packung Jaffa-Cake, eine angebrochene 1,5-Literflasche Eistee und einen Rucksack, aus dem verschiedenste Süßigkeiten herauskullern. Auf der Pritsche liegen ein zusammengefalteter Schlafanzug und Spastis Wecker. Er hat an alles gedacht.

»Bernd!«, rufe ich leise, auch wenn ich mir jetzt sicher bin, dass außer unserem Einsatzteam niemand hier ist.

»Er ist im Hai!« Flo zeigt durch die Scheibe in die Werkshalle.

Nicht zu fassen: Er hat das Ruderboot, die Böcke, die Holzplanken und die Plane ganz ohne Hilfe zur Seite geschafft. In seinem klapprigen Körper müssen ungeheure Kräfte schlummern. Der vergilbte Bauplan liegt auf einer Werkbank, gleich daneben Bernds aufgeklappter Computer. Ein Farbeimer mit Pinsel steht herum. Der Hai dümpelt mit nach vorn geklappter Rückenflosse in der Wasserrinne. Aus der Öffnung schaut Bernds Spasti-Helm hervor, den ich ihn noch nie hab tragen sehen. Er schämt sich für das Ding, aber eigentlich ähnelt es eher einem Fahrradhelm, und niemand würde einen Spasti unter dem rotbraunen »Deckel« vermuten. Bernd ist so beschäftigt, dass er uns nicht bemerkt. Knapp oberhalb der Wasserkante hat er etwas auf den Rumpf gemalt. Es glänzt noch, die rote Farbe verläuft ein bisschen: *KDLH 2*

»Das soll *Klub der letzten Heuler zwei* heißen«, flüstere ich, als wir vor der Planke stehen, über die Bernd auf den Rücken des Hais gestiegen ist. Damit sind wir drei gemeint, und ich bin stolz, ein Teil dieses geheimen Klubs zu sein. Flo auch. Sie grinst von einem Ohr zum anderen.

»Los, wir gehen zu ihm«, sage ich.

Flo schaut mich fragend an. *Was für ein Idiot ich doch bin! Wie soll sie mit dem Rolli da heil rüberkommen?*

»Bernd, wir sind's!«, rufe ich.

»Na, endlich! Ich dachte schon, ihr gebt auf«, antwortet er, ohne zu uns heraufzuschauen. »Jem, reich mir mal die Knarre und den 10er, oder den 10er Ring-Maul, zur Not gehen auch Engländer oder Franzose. Am besten auch gleich die Schachtel mit den Torx.«

»Hä?«

Ich habe keinen Schimmer, wovon er spricht. Doch Flo weiß Bescheid und reicht mir die Werkzeuge, die Bernd verlangt hat, aus einer Kiste.

»Wenn der Aufzug nicht geht, nutze ich die Zeit, um alles zu reparieren, was zu Hause kaputt ist«, erklärt sie mir auf meine Frage, warum sie sich so gut auskennt. »Abflüsse und so. Einmal habe ich mir sogar die Waschmaschine vorgeknöpft.«

»Und?«, frage ich. »Lief sie dann wieder?«

»Ach, egal, die war eh schon ziemlich alt.«

Ein wenig unsicher trage ich die Sachen über die schmale Holzplanke und reiche sie Bernd durch die Luke. Ein einziger Blick in den Hai genügt, damit ich Platzangst bekomme. Der Raum, in dem Bernd sich mit der Stirnlampe windet, reicht gerade für eine Person. Er kann kaum die Arme ausstrecken, dabei ist er im Vergleich zu Dietmar nur eine Drittelportion.

»Eine Druckmanschette ist geplatzt«, klärt er mich auf. »In Dietmars Ohren muss es ordentlich gedengelt haben.«

»Kriegst du es wieder hin?«

»Na klar. Sieht aus wie der frisierte Motor einer alten Vespa!«

»Äh, klar, 'ne frisierte Vespa, was sonst.«

»Zweitakter, Motorroller – nicht gerade Mikrowellen- oder Warp-Antrieb, aber sehr zuverlässig.« Bernd redet, als habe er seine täglichen Frühstücksbrote in einer Schule auf dem Mars verputzt. »Ich musste die Kupplung austauschen. Wegen der ist die Maschine überdreht und war so laut. Eine Ersatzkupplung hatte Dietmar schon besorgt.«

»Wie? So was kannst du?«

»Easy. Steht doch alles im Netz.« Er lässt sich auf den kleinen Sitz fallen, von dem aus der Hai gesteuert wird. »Ich bin reif für eine Handvoll Jaffa-Cakes, danach eine Lakritzschnecke und einen Becher Eistee, das könnte mir wieder auf die Beine helfen. In der Küche, Jem.«

»Bin schon unterwegs.«

Während ich Bernds Rucksack nach Lakritz durchwühle, tut sich etwas in der Werkshalle.

Der Motor röhrt, und Flo johlt: »Gabba, gabba, hey!«

Dazu wirft sie jubelnd die Arme hoch. Ich laufe schnell zurück. Er hat es tatsächlich geschafft. Mit breitem Grinsen schaut Bernd durch die Luke.

»Nur ein Probestart«, meint er unübersehbar stolz, »bin gespannt, ob auch die Kupplung greift. Aber jetzt lasst uns eine Pause einlegen und alles besprechen.«

Ein Jaffa-Cake nach dem anderen verschwindet krümelnd in Bernds Mund. Auf seinen Händen und in seinem Gesicht glänzen Ölflecken. Sogar seine Brille hat ein paar Spritzer abbekommen.

»Ihr müsst zurück ins Hoz, bevor sie nach euch suchen«, sagt er mit vollen Backen.

»Nach uns?«, fragt Flo. »Und was ist mit dir, Bernd?«

»Die Reparatur wird noch eine Weile dauern, und ob ich mich noch mal unbemerkt davonschleichen kann, ist auch nicht sicher. Also bleibe ich besser hier.«

»Alleine?«, entfährt es uns beinahe gleichzeitig.

»Bitte lasst eure Handys eingeschaltet, wenn ich Angst kriege, rufe ich an.«

Wir versprechen es ihm.

»Trotzdem werden sie dich im Hoz vermissen«, gebe ich zu bedenken. »Hast du dafür auch eine Lösung?«

»Sevi.«

»Sevi?«

Ich bin genauso ratlos wie Flo: »Was hat der denn damit zu tun?«

Bernd nimmt die Lakritzschnecke zwischen zwei Finger und rollt sie ab wie Mäuseklopapier. »Er trägt fast die gleiche Brille wie ich.«

Flo: »Na und?«

»Er soll für mich einspringen!«

»Aber er ist doch gar kein Spas… äh, ich meine …!«, stammle ich unüberlegt.

»In meinem Schrank findet ihr eine Hose, ein Hemd und 'ne Weste. Die Sachen soll er tragen. Du, Jem, leihst ihm eines von deinen Basecaps. Ein bisschen humpeln und krumme Hände wird er ja wohl noch hinkriegen. Wenn er zwischendurch ab und zu wieder in seine eigenen Klamotten schlüpft, merkt keiner was.«

Gut, denke ich, *der Plan ist nicht unbedingt genial,* aber was Besseres fällt mir auch nicht ein. Doch die Sache hat einen Haken.

»Augenblick mal, Leute«, sage ich, »wie kommen wir eigentlich wieder ins Hoz rein? Bald ist es Mitternacht und alles wird dicht sein.«

»27498«, antwortet Bernd wie aus der Pistole geschossen.

Flo und ich zucken die Schultern.

»Die Kombi für den Hintereingang«, klärt uns Bernd auf. »Ich habe ein paarmal ganz zufällig Hähnchen über die Schulter gelinst, als sie die Tür geöffnet hat.«

Er genießt unser Staunen, dann fragt er in feierlichem Ton: »Seid ihr bereit für die Generalprobe?«

Bevor er auf die Planke humpelt, gibt er uns noch letzte Anweisungen: »Flo, du öffnest das Hallentor.« Er zeigt auf eine Leiste in der Wand mit verschiedenen Knöpfen. »Jem muss das Brett vom Hai ziehen.«

»Ay, ay, Captain!«, hören wir Flo, sie ist schon beim Hallentor.

Als Bernd in den Hai klettert, meine ich zu sehen, dass sein Gesicht unter all dem Schmutz ziemlich blass ist, aber er lässt sich nichts anmerken.

»Hast du dir die Kombi gemerkt?«, fragt er mich.

»Sicher, 27498, ist doch ganz einfach.«

Zum Abschied klopfe ich ihm auf die Schulter wie einem Astronauten vorm Raketenstart. Dann ziehe ich die Planke zurück, während sich die Luke über seinem Kopf schließt.

Flo lässt das Tor hochfahren. Vorn an der Rückenflosse ist ein kleines Sichtfenster, hinter dem jetzt bestimmt Bernds Brille klebt. Ein leichter Ruck geht durch den blau-weißen Körper. Als hätte er niemals etwas anderes getan, lässt Bernd butterweich die Kupplung kommen und gibt gleichzeitig Gas. Hinter dem Hai wirbelt Wasser auf, und dann schwimmt er los.

Ich laufe neben dem Hai her, während er durch die Fahrrinne gleitet. Als ich bei Flo ankomme, rauscht der riesige Fisch an uns vorbei aufs offene Meer, das nur wenige Meter weit von

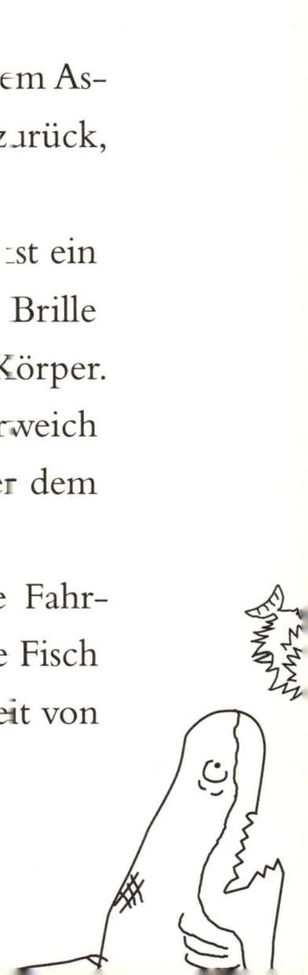

den Werkslampen beschienen wird. »Siehst du das, Jem! Hurra, er hat es geschafft. Ich flippe aus!«

»Wahnsinn«, entfährt es mir atemlos.

»Gabba, gabba, hey!«, brüllt Flo.

»Gabba, gabba, hey!«, brülle ich zurück, während Bernd schon auf dem Rückweg zur Werft ist. Für eine große Runde ist es einfach schon zu dunkel.

Der Code

Das Dorffest ist noch in vollem Gange, als wir auf unserem Rückweg zum Hoz daran vorbeikommen. Vor der Bühne tanzen die Leute eng umschlungen zu einem Schmuselied; um den Bierwagen drängelt sich eine dichte Traube.

»Der Hai war diesmal viel leiser als letztens bei Dietmar«, sagt Flo und lenkt den Rolli auf die Promenade, die nun menschenleer ist.

»Hätte nie gedacht, dass Bernd mit seinen krummen Griffeln so geschickt ist«, stimme ich ihr zu.

»Ich hab mir fast in die Hose gemacht, als er den Hai aus der Halle gefahren hat, stell dir nur vor, er wäre abgesoffen.«

»Und dann hat er ihn auch noch rückwärts in die Halle gelenkt, ohne dass der Hai auch nur einen Kratzer abbekommen hat. Spasti ist doch echt 'ne coole Sau, oder Flo?«

»Und ein Held. Jetzt ist er ganz alleine, das wäre mir viel zu gruselig.«

Mir auch. Ich würde vor Angst sterben. Nur die ständigen Blicke auf unsere Handys lenken uns von unserem schlechten Gewissen ab, Bernd in der Werft zurückgelassen zu haben. So haben wir wenigstens ein bisschen das Gefühl, bei ihm zu sein.

Der Mond steht senkrecht, das Meer schaukelt ruhig im gel-

ben Licht, die Luft ist immer noch warm. Ich beobachte einen Kutter, der leise knatternd in den Hafen von Hummerstrand steuert. Seltsam, normalerweise fischen die Seeleute bis zum Morgengrauen.

»Schau mal, Jem, die Robben!« Flo zeigt runter zum Strand.

Tatsächlich, da liegen mindestens hundert Robben schlafend im Sand. So was habe ich noch nie gesehen. Wie gebannt gehe ich langsam auf sie zu. Plötzlich bewegt sich was. Drei Tiere richten sich auf und beginnen, über den Strand in meine Richtung zu robben. Zuerst kann ich nicht glauben, dass sie wirklich mich meinen, doch da sind sie auch schon bei mir.

»Jem, was passiert da?«, ruft Flo leise.

Meine Kehle ist ausgetrocknet, ich traue mich nicht einmal, den Arm zu heben. Ganz offensichtlich habe ich die Wächter der Herde aufgeschreckt. Sie machen sich groß und schaukeln mit ihren Köpfen vor mir hin und her. Dazu grunzen sie, und das klingt nicht gerade freundlich. Der in der Mitte ist der mutigste, er kommt so nah heran, dass ich problemlos seine Flosse schütteln könnte. Auf Zehenspitzen und in Zeitlupentempo trete ich den Rückzug an.

»Mensch, hätte nicht gedacht, dass die so gut aufeinander achtgeben«, meint Flo, nachdem wir ein Stück weitergezogen sind.

»Ich auch nicht.« Mir zittern noch immer die Knie. »Die arbeiten eben super zusammen!«

»Genau wie wir«, sagt Flo zufrieden.

»Ja, genau wie wir«, stimme ich ihr zu.

Es ist vollkommen still im und ums Hoz. Die Techniker und Helfer, die Satorius' großes Fest aufbauen, sind fort, doch ihre Lkws blockieren den gesamten Parkplatz vor dem Hintereingang. Wir schleichen zwischen den Trucks hindurch zu der elektronisch gesicherten Tür. Jetzt müssen nur noch die Kombi eintippen und unbemerkt in unseren Betten verschwinden. Ich drücke die Tasten 2-7-4-8-9 und warte auf grünes Licht, ein Surren und den zurückschnappenden Riegel im Schloss. Es bleibt rot, nichts surrt oder schnappt.

»Versuch es noch mal«, flüstert Flo. Sie beugt sich zur Seite, damit das Mondlicht auf das Tastenfeld scheinen kann.

Ich tippe erneut, jetzt ein wenig langsamer und kräftiger. Ohne Erfolg.

»Sag mal, Flo, 27489, das stimmt doch, oder?«

Flo überlegt kurz. »Für mich klingt's richtig. Vielleicht hat Bernd sich vertan. Bei all dem Zeug, das er gleichzeitig im Kopf hat, würde es mich nicht wundern.«

Ich zwinge mich zur Ruhe und probiere es ein drittes Mal.

Es piept und dann erscheint ein Zeichen mit einem durchgestrichenen Schlüssel.

»Blockiert, shit!«, stöhnt Flo auf. »Das können wir vergessen.«

»Bleibt nur noch Steinchen werfen«, sage ich, da öffnet sich die Tür. Ich schaue in den düsteren, leeren Flur, doch im Schatten zwischen Wand und Tür atmet jemand.

»Kommt rein, schnell«, sagt eine tiefe Stimme.

Erschrocken rollt Flo zurück.

»Rein mit euch, ihr müsst doch riesigen Kohldampf schieben.«

Kurz darauf riecht alles nach Hähnchen. Sie selbst, die Küche, unsere Klamotten und vor allem die Teller, die dampfend vor uns stehen. Wir sitzen an einem kleinen Tisch, die gebackenen Vögel sind köstlich, die Pommes auch. Die Küchenchefin fragt uns nicht mal, wo wir gewesen sind. Stattdessen will ich von ihr wissen, was sie mitten in der Nacht im Hoz macht.

»Ich kann oft nicht schlafen«, brummelt sie. »Als ich gesehen habe, dass ihr nicht beim Abendessen erschienen seid, habe ich euer Essen zurückgestellt und die Fritteuse angelassen. Pommes müssen frisch sein. Schmeckt's denn?«

»Fuper«, antwortet Flo mit einer Keule zwischen den Zähnen.

Ich bin ganz ihrer Meinung: »Zum Tintenfisch aber auch, kochen können Sie!«

»Nütz ja nix.« Nur mit größter Anstrengung kann Hähnchen ein Lächeln unterdrücken. »Leider nicht mehr lange.«

»Haben Sie den Kampf ums Hoz etwa schon aufgegeben?«, fragt Flo.

»Hast du die vielen Lkws nicht gesehen, Kleine? Meinst du, die veranstalten das ganze Brimborium nur aus Jux und Tollerei? Hier ist es bald zappenduster. Oder willst du alle Investoren mit deiner Frisur aufspießen?«

Flo will was sagen, aber ich schaue sie warnend an. Niemand darf von unserem Plan erfahren. *Wem können wir noch vertrauen? Vielleicht ist Hähnchen auch nur eine von all den Erwachsenen, die uns verraten und verkauft haben.*

Die Küchenchefin geht zum Kühlschrank, und als sie zurückkommt, hält sie zwei Schälchen Tiramisu in den Händen.

Der Mitternachtssnack ist die beste Mahlzeit, an die ich mich im Hoz erinnern kann, aber jetzt fallen mir fast die Augen zu. Flo geht es nicht anders.

Hähnchen begleitet uns nach oben. »Bleibt hinter mir. Die Nachtwachen wissen, dass ich gerne noch spät im Haus unterwegs bin.«

Im Windschatten ihres breiten Rückens verschwindet zuerst Flo unbemerkt in ihrem Zimmer. Und drei Stockwerke darüber schiebt mich Hähnchen über die Schwelle zum schnarchenden Sevi.

Ralfs Kiste

»Ich flippe aus! Fiona kommt wirklich!«, ruft Jäcki, als sie am Samstagmorgen zum Geschirrabräumen in den Frühstückssaal kommt.

Ich reibe mir die Augen, denn Jäcki ist kaum wiederzuerkennen. Ihr Versuch, die krausen Haare so glatt und blond wie die von Fiona Steinburger zu frisieren, ist voll in die Hose gegangen. Wie kleine gelbe Flügel stehen sie nun in alle Richtungen ab. Außerdem hat sie sich eine schwarze Schleife auf den Kopf gesteckt, wie alte Männer sie manchmal um den Hals tragen. Ihre Scheinwerferaugen sind einen Finger breit schwarz umrahmt, und ihre Lippen glänzen wie roter Wackelpudding.

»Fiona ist die Geliebte von diesem reichen Kerl, der hier alles kauft. Sie wird mich fürs Fernsehen entdecken, und dann könnt ihr eure Teller selbst abwaschen«, informiert sie uns, während sie zum x-ten Mal ihr Spiegelbild in der Scheibe zum Dienstzimmer kontrolliert. Chris steht auf der anderen Seite, wölbt den Mund und tut mit einer Salbentube so, als ziehe er den Lippenstift nach. Wir lachen uns schlapp.

»Affe!«, blafft Jäcki Chris an. »Huhuhu!« Dazu krault sie sich in den Achseln wie ein Schimpanse. »Dann krieg ich meine eigene Show.«

»Wie soll'n die heißen?«, fragt Sevi. »›Jäcki Senfmeier – natürlich blöd!‹?«

Schön, dass er schon wieder Witze reißen kann, freue ich mich. Das verschwundene Teleskop und der Laptop machen ihm bestimmt noch schwer zu schaffen. Ich halte mir den Bauch vor Lachen, denn ich finde, das hat sie verdient, nachdem sie mich letztens so fies aufgezogen hatte mit ihrer Sherlock-Jem-Nummer um die angeblich verschwundene Salami. Selbst Brabbel kichert, obwohl er Witze eigentlich nie kapiert. Elvis prustet einen Teil seiner Nutella-Stulle in hohem Bogen über den Rand seiner Liege. Dann verschluckt er sich. Ich klopfe ihm auf den Rücken, und als er nicht mehr husten muss, ruft er heiser: »Wie wär's mit: ›Goodbye Hummerstrand – eine Spülkraft geht ihren Weg‹.«

»Ihr werdet schon sehen.« Jäcki bleibt unbeeindruckt. »Bald ist Schluss mit Tellerwaschen. Ich kann singen und tanzen und sehe super aus. Wollt ihr mal 'ne Kostprobe?«

Klar wollen wir!

»Dream on!«, schmettert sie los mit einer Soßenkelle als Mikrofon. »Dream, dream on!« Dazu schmachtet sie die Neonröhre über unseren Köpfen an, wie eine Verliebte den Vollmond.

»Träum weiter, Süße«, murrt Hähnchen, als sie ihren üblichen Kontrollblick in den Speisesaal wirft. »Das Sieb in der großen Spülmaschine ist verstopft. Könntest du das bitte noch erledigen, bevor du nach Hollywood gehst? Wahrscheinlich hängen die Käse-Makkaroni drin – benutz die Gummihandschuhe.«

Mit schaukelndem Hintern schiebt Jäcki den Geschirrwagen aus dem Speisesaal und erntet Pfiffe, Gejohle und ein paar von

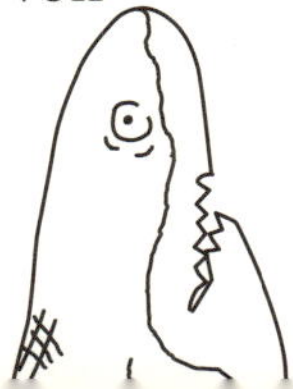

uns klatschen Applaus. Auch wenn Jäcki nicht alle Schüsseln im Schrank hat, beneide ich sie trotzdem um ihr unzerstörbares Selbstbewusstsein.

Sevi hat seinen Job perfekt erledigt. Während des Frühstücks ist er auf dem Klo verschwunden, und dann als Bernd verkleidet an den Tisch gehumpelt. Sogar die Hand hat er dabei an seinen Bauch gedrückt – *mit dem Talent sollte er Jäcki nach Hollywood begleiten!* Niemand hat Bernds Abwesenheit bemerkt. Sein Teller ging leer zurück in die Spülküche, auch wenn Sevi bei jedem Bissen das Gesicht verzogen hat. Und damit auch der Letzte überzeugt war, hat Sevi mit krummen Beinen noch eine Ehrenrunde über den Flur hingelegt und dabei im *Star Wars Magazin* geblättert. Chris hat ihm sogar Bernds Tabletten in den Mund geschoben, aber Sevi hat sie bei nächster Gelegenheit in einen Blumenkübel gespuckt. Natürlich musste ich ihm vorher erzählen, was Bernd vorhat. Die Info über den mechanischen Hai hätte Sevi fast umgehauen, aber dann hat auch er die Möglichkeit erkannt, sein geliebtes Kurheim noch zu retten. »Fürs Hoz würde ich alles tun, ich find's toll hier!«, verkündete er begeistert.

Inzwischen habe ich auch einen vagen Verdacht, wo sein Fernrohr und der Computer sein könnten. Eigentlich ist es nicht mehr als eine Idee, aber wenn auch nur eine winzige Chance besteht, seine geklauten Sachen wiederzufinden, muss ich dem nachgehen. Schließlich sind das Fernrohr und vor allem der Film auf dem Laptop wichtige Beweisstücke, um den Mörder zu überführen.

Um mir Gewissheit zu verschaffen, muss ich noch einmal in den Keller. Doch dieses Mal wird Flo mir helfen. Zu diesem Zweck hat sie ihre Ohrhörer, versteckt unter einer zerknüllten Serviette, Richtung Spülmaschine geschickt und flitzt nun Jäcki hinterher. Während sie mit dem Aufzug nach unten fährt, nehme ich die Treppe.

Unter lautem Geschrei rollt Flo in die Küche: »Halt! Nicht weiter einräumen. Lebensgefahr für meine Ohrstöpsel! Sofort alle Maschinen stoppen und den Müll checken!«

Ich nutze die Aufregung, um an der Küche vorbeizurennen. Die Tür von Raum 34 ist noch immer nicht verschlossen. Auf den ersten Blick ist alles unverändert, doch nach einer Runde um den Stapel in der Mitte entdecke ich einen übervollen Karton, dessen Deckel nicht schließt. An der Seite steht: Ralf Rosenhaus, daneben ist ein Kreuz und die Jahreszahl 1976. Das kann eigentlich nur eins bedeuten: Ralf hat Hummerstrand nicht lebendig verlassen. Das war es also, was Spasti »Gruseliges« entdeckt hat. Was wohl passiert ist? Hatte Ralf irgendeine schlimme Krankheit? Möglicherweise hatte er auch *Lunge*, genau wie ich.

Als Nissen uns auf dem Hof der Werft einkassiert hat, hätte sie mich fast im Stich gelassen. Dann gäbe es nun auch eine Kiste mit meinem Namen hier unten, falls niemand meine Sachen gewollt hätte. *Ach was! Das würde meine Lunge mir nicht antun. Sie wischt mir eben gerne eins aus und manchmal übertreibt sie es auch, aber im Grunde genommen sind wir doch ein tolles Team!*

Nachdem ich die finsteren Gedanken abgeschüttelt habe, werfe ich einen Blick hinein. Ein großer Gegenstand ist in ein

weißes Laken gehüllt. Kein Staub, es sieht frisch und sauber aus. Ich schlage den Stoff zurück und schaue auf das Okular von Sevis Fernrohr. Mein Verdacht war also richtig. BB hat die Kammer benutzt, um die Beweise für seine Tat verschwinden zu lassen. Er hat wohl geglaubt, dass sich niemand für die verstaubte Kammer interessieren würde. Ich hebe das Fernrohr vorsichtig heraus und der Computer kommt zum Vorschein. Die Oberseite ist übersät mit fettigen Fingerabdrücken. Für die KTU wird es ein Kinderspiel sein, Bender zu überführen. Darunter sind Ralfs Sachen, aber die will ich eigentlich gar nicht sehen.

Plötzlich tauchen Flos Spikes in der Tür auf.

»Jem, die Luft ist rein, die machen eine Zigarettenpause.«

Ich klemme mir das Interstellar Geographic unter den Arm und schnappe mir den Computer. *Tut mir echt leid, Ralf*, verabschiede ich mich in Gedanken und schließe leise die Tür.

H wie Horizont

Gegen vierzehn Uhr treffen die ersten Gäste ein, und prompt beginnt die Band, leise im Hintergrund zu spielen. Wenn sie jetzt schon ins Blech blasen, erwarte ich den ersten ohnmächtigen Trompeter spätestens um acht. *Keine Lunge hält das durch, auch keine gesunde.*

Ich halte einen nassen Finger in die Luft. Leichter Westwind, also droht Bernd keine Gefahr durch hohen Wellengang. Die Sonne lässt sich auch nicht lumpen, wodurch beste Sicht für seinen Auftritt garantiert ist. *Hoffentlich geht alles gut!*

Flo ruckelt vor der Bühne im Takt hin und her.

»Lahme Nummer«, meckert sie trotzdem. »Kein Gabba und gar kein Hey – zum Einschlafen. Gib Gummi!«, treibt sie den Schlagzeuger an.

Genau wie alle anderen Hozis hat sie BBs Bitte, der Party fernzubleiben, einfach in den Wind geschlagen. Wencke hat uns während des Frühstücks noch einmal darauf eingeschworen, im Haus zu bleiben, aber wir haben uns taub und blind gestellt.

Cäcie macht wieder einen ihrer Rundgänge – dieses Mal verfolgt von der kleinen Lisa, die trotz steigender Hitze wie immer ihre Pudelmütze trägt. Brabbel läuft brabbelnd zwischen den schicken Kleidern und Anzügen herum, Paul, der kleine Rolli-

fahrer, steht mit seinen Reifen auf dem Saum eines glitzernden Rockes. Als die Frau einen Schritt nach vorne macht, schüttet sie ihren Sekt in den Ausschnitt ihrer Gesprächspartnerin, gefolgt von einem spitzen Aufschrei.

»Treffer!«, ruft Flo vergnügt. »Ich fahre mal zur Flips- und Chips-Bar. Lust auf Knabber, Jem?«

Die Sorge um Bernd verschnürt mir den Magen, ich könnte jetzt keinen Bissen runterkriegen. Die ganze Nacht lang war er alleine in der Werft, und nun soll er auch noch den Hai um die halbe Insel manövrieren. Ich schaue an der Bühne vorbei hinunter zum Strand, noch ist nichts von ihm zu sehen.

Der Kurpark füllt sich. Die Gäste haben sich ordentlich in Schale geworfen – mit einer Ausnahme: Nissen. Ich erkenne ihn erst auf den zweiten Blick. Seine Uniform hat er gegen einen knitterigen, mausgrauen Anzug eingetauscht, in dem mein Vater nicht mal die Dachrinne sauber kratzen würde. Seine lange, grün karierte Krawatte hat der Polizist in den Hosenbund geschoben. Das altmodische Handy steckt in einer hellbraunen Gürteltasche. Der Unterschied zu BB könnte nicht größer sein: In seinen teuren Klamotten begrüßt unser Heimleiter jeden Neuankömmling mit Handschlag. Der Verbrecher zeigt nicht die Spur von schlechtem Gewissen.

Plötzlich geht ein Raunen durch die Menge. Die Leute strömen zum Parkeingang, ich lasse mich mittreiben wie ein Fisch im Schwarm. Ein blauer Mercedes mit getönten Scheiben fährt vor. Die Fahrertür fliegt auf, ein Chauffeur rennt um die Limousine herum und öffnet die hintere Tür. Als Erstes erscheint ein dicker Mann, der uns den Rücken zukehrt, um seiner Begleitung beim Aussteigen zu helfen. Als er sich umdreht, sehe ich das Goldkettchen um seinen fleischigen Hals. Es ist der Kerl aus Johanns Cessna.

»Da ist Satorius«, flüstert die Frau neben mir ihrem Begleiter zu. »Gleich kommt *sie*. Ich bin so gespannt, was sie trägt!«

Und dann kommt »sie« tatsächlich: Fiona Steinburger, der Star unzähliger Klatschsendungen. Die blondeste Blondine in unserer Galaxis. Bernds Traumfrau braucht einige Augenblicke, um in ihren Stöckelschuhen Halt zu finden, aber dann wirft sie auch schon mit Kusshändchen um sich. Ich kann mich gerade noch ducken und überlasse den fliegenden Schmatzer Nissen, der hinter mir eine seiner Menthol-Kippen raucht.

»Na, Jeremia, ist ja ordentlich was los bei euch«, sagt er und nebelt mich ein.

»Sind Sie im Dienst?«, frage ich hustend, denn er ist Teil unseres Plans. Später werden wir noch seine Hilfe brauchen.

»Jein«, antwortet er. »Eigentlich habe ich heute frei. Aber du weißt ja, ein Insel-Bulle hat niemals Feierabend.«

Beim »Bullen« zwinkert er mir zu. Bevor er unangenehme Gegenfragen stellen kann, verschwinde ich wieder zu Flo, die noch immer mit einem Teller Chips vor der Band auf mehr *Gabba* und mehr *Hey* wartet.

Es dauert nicht lange, da kündigt starker Parfümgeruch das Eintreffen von Satorius und seiner berühmten Freundin auf der Bühne an. Die Band spielt einen Tusch, und schon schnappt sich der reiche Kerl das Mikrofon.

»Liebe Gäste, liebe Investoren, meine Freunde!«, begrüßt er die Menge. Mit einer weit ausholenden Geste wendet er sich kurz dem Meer zu. »Wer möchte bei diesem Anblick daran zweifeln, dass dieser Ort ein echtes Paradies ist?«

Durch die Bühne haben wir freie Sicht auf die Nordsee, die jetzt im Sonnenlicht leuchtet wie ein schwankender Teppich aus Glühbirnen. Die Leute klatschen und jubeln.

»In seiner Schönheit wird dieses Paradies nur noch von der Frau übertroffen, die unser gemeinsames Projekt präsentiert, die mit ihrem Namen für puren Luxus bürgt. Begrüßen Sie mit mir Fiona Steinburger!«

Jetzt kennt der Jubel keine Grenzen mehr. Einige hüpfen sogar vor Begeisterung. Am lautesten brüllt Jäcki, die sich ganz nach vorne gedrängelt hat. Aus dem Augenwinkel beobachte ich Bender, wie er mit Paul schimpft. An einer Hand hält er Cäcie, an der anderen Lisa. Er sammelt seine Schäfchen ein, damit sie hier nicht weiter stören. *Du wirst schon sehen, was du davon hast, BB,* denke ich und verziehe mich aus seinem Blickfeld zur anderen Seite der Bühne.

Fiona Steinburger lässt sich ausgiebig feiern. Dann übergibt ihr Satorius das Mikrofon.

»Danke, danke. Ich liebe euch!«, ruft sie und verteilt wieder Küsschen wie Karnevals-Bonbons. »Hummerstrand ist ein Ort voller Frieden und Ruhe. Nichts wird hier die Erholung unserer exklusiven Kunden stören. Hier gibt es nur Sand, Wasser, Wind und ein paar putzige Robben.«

»Und uns!«, ruft Flo dazwischen und pfeift laut.

Doch die Steinburger quatscht einfach weiter: »Mein Ferdi hat recht, dies ist wirklich das Paradies. Und das Beste ist, bald gehört es uns!«

Jetzt grölen die Partygäste wie beim Elfmeterschießen, aber mich macht dieser letzte Satz stinkwütend. Am liebsten würde ich mir das Mikrofon greifen und diesen Leuten mal ordentlich die Meinung geigen.

Der Fernsehstar hebt das Sektglas und bringt sein Publikum zum Schweigen. »Trinken wir nun gemeinsam auf …«

»Der Hai! Ich sehe den Hai!«, brüllt plötzlich Paul, rollt BB davon und zeigt zum Meer: »Hai-Alarm, Hai-Alarm!«

Ich strecke mich, schaue über den Rand der Bühne und erkenne gerade eben noch die Rückenflosse. Im Sonnenlicht glänzt sie wie ein Spiegel. Flo rast ohne Rücksicht durch die Menge zum Zaun des Kurparks.

»Der weiße Hai! Da ist er!«, ruft sie. »Draußen vorm Strand!«

Die Gäste nippen irritiert an ihren Sektgläsern, sie glauben wohl noch immer an einen Scherz der Hozis.

Fiona Steinburger dreht sich um, dann haucht sie ungläubig ins Mikrofon: »Das ist ja ein Riesenhai! Wo kommt der her?«

»Der ist nicht echt«, versucht Satorius, die Situation zu beruhigen. »Da will uns einer verkohlen!«

Doch mit einem Mal kreischen die Gäste aufgeregt durcheinander:

»Vorsicht, ein Hai kreuzt!«

»Passen Sie auf!«

»Schnell, verschwinden Sie!«

»Meine Güte! Das Tier wird ihn fressen!«

Erst als ich hinter die Bühne springe, habe ich freie Sicht aufs Meer: Ein Segelboot steuert direkt auf den Hai zu. Der Abstand beträgt höchstens noch zweihundert Meter. Vorsichtshalber nehme ich einen Hub aus der Spraydose, dann flitze ich los. Durch den Haupteingang ins Treppenhaus, in mein Zimmer und dann, nachdem ich mir geschnappt habe, was ich wollte, wieder runter in den Speisesaal. Dort baue ich Sevis Interstellar Geographic DC 70/400 auf. Alles muss blitzschnell gehen – Stativ ausklappen, Stecker rein und scharf stellen. Der Hai hat inzwischen sein Maul weit aufgerissen, jeder einzelne Zahn ist gut zu erkennen. Von draußen dringen die entsetzten Schreie der Gäste zu mir. Nur noch wenige Meter, dann wird das Segelboot auf den Hai prallen. Warum weicht der Skipper nicht aus? Und warum ändert Bernd nicht den Kurs?

Dann passiert es. Bug und Maul krachen ineinander. Die Spitze des Bootes zerbricht wie Knäckebrot. Ein großes Loch klafft im Rumpf. Das Haifischmaul schließt sich, als wolle es die Planken zermalmen, öffnet sich wieder und beißt noch einmal zu. Vor dem Fenster rennen die Gäste nun wild durch den Park, Nissen und einige Männer machen sich auf den Weg runter zum Strand. Der zweite Biss hat dem Segelboot den Rest gegeben – es beginnt zu sinken. Der Skipper rudert mit den Armen, auf dem Kopf trägt er eine Mütze, der Kragen seiner Öljacke ist bis über die Ohren hochgeschlagen. Die Augen sind von einer Sonnenbrille verdeckt. Mit einem Kopfsprung hechtet er über Bord. Kurz bevor das Boot in den Wellen verschwindet, werfe ich einen Blick auf den Namen am Bug: Es ist die *Vorwärts*. Und jetzt weiß ich auch, wer der Skipper ist, der sein Boot direkt in den Rachen des Hais gelenkt hat.

Von den Gästen sind nur die Frauen zurückgeblieben, denn ihre Stöckelschuhe sind vollkommen stranduntauglich. Der Platz vor dem Zaun dagegen ist jetzt von Hozis bevölkert. Diejenigen, deren Beine funktionieren, haben die *Rücken* und *Hüften* nach draußen geschoben. Liege steht neben Liege, Rolli neben Rolli, die kleinen vorne, die größeren dahinter. Alle sind gekommen, um dem Hai zuzuwinken. Sie recken die Arme empor und schwenken weiße Servietten, manche sogar zwei. Auf allen steht ein großes H.

Ich schnappe mir eine Serviette vom Servierwagen und winke mit. Wie aus dem Nichts taucht Cäcie neben mir auf. Ich drücke ihr ein Tuch in die Hand; sie scheint sofort zu verstehen und schwenkt es wie eine Fahne. Leider nicht zum Fenster sondern zur Tür, aber sie lächelt dabei – sie kann es also doch.

»Du bist die Größte, Cäcie«, sage ich und drücke sie.

Als ich wieder durch das Fernrohr schaue, ragt von der *Vorwärts* nur noch die Spitze des Mastes aus dem Wasser. Eine weiße Flagge weht im Wind, Dietmar hat ein H darauf gemalt. H wie Haifisch – oder auch *Horizont*.

Das Geständnis

Der Speisesaal hat sich in eine Art Einsatzzentrale verwandelt. Es herrscht das blanke Chaos. Während Nissen durch das Interstellar Geographic schaut, spricht er mit einem Kollegen, der zu seiner Unterstützung auf der Insel geblieben ist: »Das Boot ist gesunken. Von dem Hai keine Spur, und der Skipper ist auch verschollen.« Er atmet tief durch. »Oder gefressen.«

Wencke und Jäcki verteilen Tee an die Gäste, die einen Nervenzusammenbruch erlitten haben. BB und Chris versuchen, die Hozis auf ihre Zimmer zu verteilen, aber es ist zwecklos, keiner will jetzt alleine sein. *Das muss doch selbst so ein Blödmann wie Bender verstehen!*, denke ich, aber er wird nicht müde, Rolli für Rolli wieder aus dem Speisesaal zu schieben.

Es ist ein trauriger Anblick, draußen vor dem Fenster: Die Party ist vorbei, die Band ist fort, die Bar und die Fressstände sind geschlossen, die meisten Gäste sind abgereist. Satorius und Fiona Steinburger haben sich im Dienstzimmer verschanzt, manchmal hört man den Dicken herumbrüllen.

Als Nissen sich ein Glas Wasser im Flur genehmigt, fangen Flo und ich ihn ab. »Wir müssen Ihnen was zeigen.«

Erst will er uns nicht auf mein Zimmer folgen, aber dann sage ich: »Wir wissen, wer den Rechtsanwalt geschubst hat.«

Kurz darauf hocken Nissen und ich nebeneinander auf meinem Bett, Flo fingert unruhig an ihren Spikes, während Sevis Laptop hochfährt. Ich suche die Datei, dann schauen wir uns schweigend die Aufnahme aus der Nacht an, in der alles anfing. Am Ende sagt der Polizist mit dünner Stimme: »Und das auf meiner Insel.«

»Der *Retter*-Hoodie gehört Herrn Bender, ich habe ihn in seiner Wohnung gefunden«, erkläre ich ihm. Und dann ziehe ich die Streichhölzer aus der Tasche. »Die gehören auch ihm. Es ist Satorius' Nummer.«

Nissen schaut verwirrt auf das Päckchen. »Nee, die gehören mir.«

Ich rücke ein Stück von ihm ab.

»Satorius dachte, es könnte ihm nicht schaden, sich mit der örtlichen Polizei lieb Kind zu machen. Eine Woche Wellness-Urlaub hat er mir schenken wollen. Aber was glaubt denn dieser Idiot?« Nissen tippt sich an die Stirn. »Ich bin doch nicht bestechlich!«

Ich erinnere mich, wie Cäcie ihren Schnodder in Nissens Uniformjacke verteilt hat und kapiere: Sie hat die Streichhölzer nicht in BBs Wohnung aufgelesen, sondern aus der Innentasche gefischt. Plötzlich klopft es an der Tür.

Es ist Nissens Kollege vom Festland: »Sie werden es nicht glauben. Ich habe mit der KTU telefoniert und wissen Sie was?«

Nissen verdreht die Augen. »Schießen Sie los, Müller!«

»Die haben schon gestern DNA und Fasern im Kofferraum von Satorius' Limousine gefunden!«

»Von wem denn? Nun sagen Sie schon!«

»Von dem Toten, seinem Rechtsanwalt. Der Kofferraum von Dierksen hingegen ist sauber, er ist unschuldig.«

Sekundenlang bleibt Nissen schweigend auf meiner Bettkante sitzen. Er fischt eine Zigarette aus seiner Schachtel und steckt sie zwischen seine Lippen.

»Hey, hallo!«, ruft Flo ihn zur Besinnung.

Er steckt die Kippe wieder weg. »Nehmen Sie Satorius fest und bringen Sie ihn unauffällig zur Wache, Müller. Ich kümmere mich um Bender.«

»Um den Heimleiter?«, fragt der andere Polizist ungläubig.

»Das erkläre ich Ihnen später, nun gehen Sie schon«, blafft Nissen.

»Und lassen Sie sofort Dietmar frei!«, verlangt Flo.

»Schon geschehen, seit gestern ist er wieder auf der Insel«, erklärt der Polizist vom Festland. »Ein Kutter-Kapitän hat ihn in der Nacht mitgenommen.«

»Wieso erfahre ich das erst jetzt? Die Schlaumeier auf dem Festland glauben wohl, den doofen Insel-Bullen müssen sie nicht informieren«, ärgert sich Nissen.

»Die ›Schlaumeier‹ meinen, Ihr Handy sei ausgeschaltet. Vielleicht ist Ihr Akku leer.«

Nissen knöpft das Holster auf und schaut bleich auf sein Telefon.

»Frau Steinburger, soll ich die auch festnehmen?«, fragt Müller, der sich ein Grinsen nur mit Mühe verkneifen kann.

»Nein«, antwortet Nissen finster. »Die brauchen wir hier noch.«

»Zu schade«, verabschiedet sich sein Kollege.

Dann klappt Nissen den Computer zu, und wir gehen gemeinsam zurück in den Speisesaal.

Der letzte Gast ist fort, wir Hozis sind fast unter uns. Fiona Steinburger sitzt zusammengesunken auf einem Stuhl und seufzt kopfschüttelnd in ihre Hände. Die Verhaftung ihres dicken Freundes hat ihr ganz schön zugesetzt. Wie ein Fernsehstar sieht sie nun gar nicht mehr aus. Von den anderen Erwachsenen sind nur noch BB, Wencke und Nissen da. Als Nissen Bender die Aufnahme vorführt, bleibt dem Heimleiter der Mund offen stehen.

»Sie sind überführt, Herr Bender, ich verstehe nur nicht, warum Sie das getan haben«, meint Nissen und klappt Sevis Laptop wieder zu.

»Das muss ein Irrtum sein«, sagt Wencke, die noch blasser ist als sonst. Doch auch sie scheint nun an der Unschuld ihres Chefs zu zweifeln. »Aber unser Rettungsplan, Burkhard, wir hatten das Geld doch fast zusammen, wieso hast du …?«

»Er war es nicht!«, dröhnt es plötzlich durch den Speisesaal. Es ist Hähnchen. Wie lange sie schon im Türrahmen steht, weiß ich nicht. Sie senkt den Kopf, und ich sehe wie ihre Unterlippe bebt, als sie sagt: »Es war ein Unfall.«

Alle starren sie an. Außer dem Ticken der Wanduhr ist nichts zu hören.

Nissen findet als Erster die Sprache wieder: »Wie bitte? Das müssen Sie mir erklären.«

Hähnchen geht gebeugt zu einem der Tische und stützt sich darauf ab. »Ich wollte diesem Anwalt mein ganzes Erspartes und die Erbschaft von meiner Tante geben, als Anzahlung auf *Haus Horizont*. Und ein bisschen was als Bestechung, so wie im Krimi. Deshalb habe ich ihn zur Klippe bestellt. Aber dieser Schuft hat mich eiskalt abblitzen lassen. Er wollte viel mehr, als ich jemals zusammenkratzen könnte. Er hat mich nur ausgelacht, und dann ist er zu nahe an den Rand getreten. Ehe ich ihn festhalten konnte, ist er abgestürzt. Er war so überrascht, dass er nicht mal geschrien hat.«

»Aber der *Retter*-Hoodie«, haucht Flo baff, »der gehört doch …«

»Den habe ich mir geliehen, als er kürzlich aus der Wäsche zurückkam«, fällt ihr Hähnchen ins Wort. Dann lässt sie sich mit knirschendem Kittel schwer auf einem der Stühle nieder. »Ich wollte nicht erkannt werden, falls uns jemand beobachtet hätte. Dass der Pulli Herrn Bender gehört, wusste ich nicht. Das müssen Sie mir glauben! Aber dann hat Jäcki rumerzählt, dass der kleine Sevi zufällig alles gefilmt hat, und ich habe ihm seine Ausrüstung weggenommen. Es tut mir alles so leid«, schluchzt sie. »Ich musste doch was tun, unser schönes *Haus Horizont* darf doch nicht einfach so verschwinden!«

»Wird es auch nicht«, meldet sich plötzlich Fiona Steinburger zu Wort. Ihre Schminke ist verlaufen und ihre Frisur völlig im Eimer, aber sie hat sich jetzt wieder im Griff. »Ich kann mir kaum vorstellen, dass die Investoren nach allem, was passiert ist, immer noch ihr Geld in das Hotel stecken wollen. Der Schock wird denen noch lange in den Knochen stecken, mir übrigens auch. Heute Nachmittag ist mir so einiges klar geworden. Für dieses Hotel-Projekt werde ich mich jedenfalls nicht mehr hergeben. Ich hatte ja keine Ahnung, was wir hier zerstören würden.«

»Beim jetzigen Ermittlungsstand«, sagt Nissen, »können wir davon ausgehen, dass Ihr Lebensgefährte, Herr Satorius, die Situation benutzt hat, um einen unangenehmen Gegner auszuschalten. Ist er letzte Samstagnacht bei Ihnen gewesen, Frau Steinburger, oder war er unterwegs?«

Die Steinburger denkt kurz nach. »So gegen Mitternacht ist er noch einmal mit seinem Fahrer losgefahren. Wohin, weiß ich nicht.«

»Das liegt ja wohl auf der Hand«, sagt Nissen. »Vermutlich hat sein Fahrer von dem Treffen Wind bekommen und Satorius informiert. Sie haben den Streit und den Absturz beobachtet und dann hat Satorius seine Chance gewittert: Ferchs Tod muss für ihn eine unwiderstehliche Gelegenheit gewesen sein, einen unliebsamen Gegner loszuwerden. Satorius und sein Fahrer haben den Toten in der *Vorwärts* deponiert, um Dierksen die Schuld dafür in die Schuhe zu schieben.«

Wencke ist entsetzt. »Ganz schön kaltblütig«, sagt sie und schüttelt sich.

»Moment mal«, melde ich mich, denn eine Frage lässt mir einfach keine Ruhe. »Sagen Sie mal, Herr Bender, warum haben Sie Flo und mich eigentlich gestern Abend in dem *Retter*-Hoodie verfolgt?«

Doch BB hat keine Ahnung, wovon ich spreche. »Das muss ein Irrtum sein, Jeremia. Ich muss schleunigst ein paar Kilo loswerden«, erklärt er und zeigt beschämt auf seinen runden Bauch. »Deshalb laufe ich abends gerne noch eine Runde. Euch habe ich gar nicht gesehen, sonst hätte ich euch schon zur Rede gestellt. Abends einfach alleine rumstromern …«

»Dietmar!«, kiekst Flo mit einem Mal und rast zur Tür. Sie stoppt mit quietschenden Reifen und streckt sich, so weit sie kann, dem heimlichen Skipper der *Vorwärts* entgegen. Seine Umarmung zieht sie fast aus ihrem Rolli – ihre Spikes harpunieren seinen Bart. Gleich nach Dietmar humpelt Bernd breit grinsend in den Speisesaal, mit der gesunden Hand macht er das V-Zeichen. Dann entdeckt er Fiona und läuft knallrot an. Voller Stolz stelle ich mich zu den dreien, Dietmar legt mir eine Hand auf die Schulter und das fühlt sich echt super an.

Nissen schaut von einem zum anderen, hinter seiner Stirn arbeitet es wieder. »Ich werde das Gefühl nicht los, dass ihr ein verschworener Haufen seid, der mir irgendwas verschweigt.«

»Kein Haufen«, sage ich. »Ein Klub! Der Klub der letzten Heuler!«

Seekrank

Seitdem wir den Hafen von Hummerstrand verlassen haben, spielt das Meer Rodeo mit unserem Schiff. Für einen Sommersturm ist der Wind außergewöhnlich stark, nicht mal die Kutter haben sich rausgetraut. Mein Vater steht am Heck der Fähre und klammert sich an die Reling. Sein Frühstück verwandelt sich gerade in Möwen- und Fischfutter. Bis wir das Festland erreicht haben, wird sein Magen auf die Größe eines Überraschungseis geschrumpft sein.

»Warum hast du nicht zwei Plätze in Johanns Cessna für uns gebucht?«, habe ich ihn am Morgen gefragt, aber schon die Erwähnung eines Flugzeugs ließ ihn zusammenfahren.

Mama hat mir bei unserer letzten Fatelko verraten, dass Papa nach seiner missglückten Schluchtentour nicht mehr derselbe sei. Nachts lasse er das Licht brennen. Angeblich kontrolliert er stündlich Puls und Blutdruck. Sein Hausarzt hat eine vorübergehende Angststörung diagnostiziert. Trotzdem hat er darauf bestanden, mich persönlich abzuholen, was mich riesig gefreut hat. Gestern habe ich ihm *Haus Horizont* gezeigt, und gemeinsam mit Flo, Bernd und Sevi haben wir anschließend eine Rundfahrt um die Insel gemacht. Chris ist aus Rücksicht auf Papa ganz besonders langsam gefahren.

Am Abend hat mein Vater sich dann mit Wencke, BB und Dietmar in einer Kneipe am Hafen getroffen. Sie hatten jede Menge zu besprechen, denn er und Dietmar wollen sich an der Erhaltung von *Haus Horizont* beteiligen. Bender und Wencke hatten die ganze Zeit vor, das Kurheim zu retten. Ohne dass wir es geahnt haben, waren sie unermüdlich auf der Suche nach Helfern, Spendern und Investoren gewesen, um die Gemeindeverwaltung noch umzustimmen. Jetzt ziehen alle an einem Strang, unser Hoz ist gerettet und wird sogar noch moderner gemacht. Hähnchen soll als Küchenchefin mit an Bord sein, wenn die Sache mit dem Klippensturz gerichtlich geklärt ist, und sie hoffentlich freigesprochen wird. Bender hat Wencke übrigens tatsächlich einen Heiratsantrag gemacht – jedenfalls behauptet das Jäcki – und deshalb während des Sommers diese schicken Klamotten getragen. Aber meine Lieblingskrankenschwester hat sich in Dietmar verliebt. Ganz kurz war ich eifersüchtig, dann gefiel mir die Vorstellung, dass die beiden ein Paar sind, weil sie wirklich toll zusammenpassen. Außerdem habe ich jetzt richtige Freunde, mit denen ich während der restlichen Zeit auf der Insel pausenlos zusammen war. Papa hat sogar Flo und Bernd eingeladen, die nächsten Weihnachtsferien bei uns zu verbringen – die »Angststörung« tut ihm richtig gut. Trotzdem hoffe ich, dass er bald wieder der Alte ist.

Ich reiche ihm meine Hai-Serviette. »Na, geht's wieder?«

»Stell dir nur vor, Jem, wir säßen bei dem Sturm in Johanns Klapperkiste!«, stöhnt er.

»Aber immerhin geht Fliegen viel schneller!«, necke ich ihn.

Ich ziehe meine No-Go-Liste aus der Hosentasche.

Papa schaut auf das Heftchen. »Was ist das?«

»Ach, nichts. Jedenfalls brauche ich es nicht mehr.«

Mit Schwung werfe ich das Ding über Bord. Wie ein Papiervogel flattert es im Wind, dann versinken die No-Gos in der Gischt.

Als ich es mir kurz darauf mit dem Fischbrötchen, das ich mir im Schiffskiosk geholt habe, im Salon gemütlich mache, fällt mein Blick auf den Fernseher, der zwischen zwei Bullaugen hängt. Sie zeigen Hummerstrand TV, eben beginnt eine neue Sendung:

Der Hai von Hummerstrand – Mythos oder Wahrheit?

Vor ein paar Tagen ist ein Fernsehteam vom Lokalsender Hummerstrand TV ins Hoz gekommen. Auf der Suche nach Augenzeugen ist der HUTV-Reporter auf uns gestoßen und hat uns interviewt, und sein Kollege hat uns dabei gefilmt. Nachdem der Hai die *Vorwärts* in Stücke gerissen hatte, war er wieder spurlos verschwunden. Aber die Aufregung hat sich bis heute nicht gelegt. Alle gehen noch immer davon aus, dass der Skipper die Attacke nicht überlebt hat. Wir vom *Klub der letzten Heuler* sind die Einzigen, die wissen, wie es wirklich war, aber dieses Geheimnis haben wir natürlich für uns behalten. Das Interview haben sie uns vorab schon als Video gezeigt, aber ich sehe es mir gerne noch einmal an:

HUTV: Sagt mal, glaubt ihr, dass der Hai Haus Horizont gerettet hat?

Flo: Na klar! Wer wird schon gerne beim Banane-Fahren gefressen?

Bernd: Hallo? Die reichen Gäste vom Satorius fahren doch nicht mit der Banane auf dem Meer rum! Aber die Panik war völlig überflüssig. Plattenkiemer, Kiefermäuler oder auch Selachii essen nur ungern Menschen. Robben sind denen viel lieber, Capito?

HUTV: Ich nehme an, Du sprichst von dem Hai. Aber der hat sogar ein Segelboot angegriffen.

Bei dieser Frage platzt Bernd beinahe vor Stolz. Aber er hält natürlich dicht.

Jetzt komme ich ins Spiel*: Das Boot fuhr ja auch direkt auf ihn zu. Da musste der Hai sich doch entscheiden: Ich oder das Boot! Was würden Sie denn machen?*

HUTV: Völlig richtig. Aber, was denkt ihr, wohin ist er dann mit vollem Bauch verschwunden? Den Skipper hat die Polizei ja auch nicht finden können.

Voller Bauch ist gut, denke ich und beiße in mein Fischbrötchen. Nachdem Dietmar an jenem Tag ins Meer gestürzt war, hatte er sich am Rumpf des Hais festgehalten. Bernd und er hatten dort in der Nacht zuvor zwei Griffe angebracht. So hatte Dietmar sich von Bernd in die Werft zurückschleppen lassen. Niemand hatte ihn zuvor in seinem Skipper-Kostüm erkannt. Den Bug der *Vorwärts* hatten sie so präpariert, dass er leicht zerbricht.

Flo: Der Hai hat sicher irgendwo ein echtes Zuhause, dahin wird er getürmt sein.

HUTV: Apropos Zuhause. Ist das Haus Horizont so eine Art zweite Heimat für euch geworden?

Bernd: Wenn ich im Hoz bin, glotzt mich keiner schräg an oder lässt blöde Sprüche vom Stapel, weil ja dort bei allen irgendwas nicht stimmt.

Flo: Genau, da ist es total normal, ein Spasti – äh sorry, Bernd – zu sein, oder mit dem Rolli rumzujuckeln, oder 'ne Lunge wie ein löchriges Schlauchboot zu haben, oder Jem?

Ich: Wenn ich ehrlich bin, wollte ich da nie wieder hin, ich hab ja nur Lunge, das ist ja nichts, wofür man sich schämen muss. (An dieser Stelle buhen und pfeifen Flo und Bernd mich aus, und sie haben recht. Wie blöd von mir!) *Aber jetzt bin ich echt happy, dass wir uns im nächsten Jahr alle wiedersehen.*

HUTV: Eine letzte Frage an die Augenzeugen des Haiunfalls: Glaubt ihr, dass der Hai zurückkommt?

Bernd: Die Robbenpopulation auf Hummerstrand ist völlig unverändert, die war also nicht nach seinem Geschmack. Und Spheniscidae, seine andere Lieblingsspeise, gibt es hier auch nicht. Ich sage Nein.

HUTV: Entschuldigung?

Bernd: Pinguine!

Flo: Weiß nicht, wenn wir ihn noch mal brauchen, wedeln wir einfach alle mit den weißen Servietten, auch wenn ich nicht glaube, dass ihn das interessiert.

Ich: Ganz klar: Der Hai wird wiederkommen! Der war nicht zufällig vor Hummerstrand unterwegs. Der hat irgendwas gesucht. Vielleicht war er unbemerkt früher schon mal hier. Jedenfalls scheint es ihm so gut gefallen zu haben, dass er Sehnsucht gekriegt hat.

HUTV: So ihr drei, vielen Dank für das Interview, ihr habt das letzte Wort.

Wir schauen uns kurz an, dann holen wir auf Flos Zeichen die Servietten mit dem H raus und brüllen los:

Gabba, gabba, gabba, hey! Unser Hoz ist voll okay!

Die Sendung ist vorbei und ich schaue nach Papa. Es scheint ihm etwas besser zu gehen, denn er nippt an einem Pfefferminztee und telefonieren kann er auch schon wieder. Bevor er mich in eine nervige Fatelko verwickelt, starte ich einen Rundgang entlang der Reling. Ich suche das Meer nach einer großen Rückenflosse ab, aber das wäre ja nun wirklich total verrückt. Genauso durchgeknallt wie diese ganze Geschichte. Gut, dass ich sie euch erzählt habe.

Euer Jem